またここか

坂元裕二

リトルモア

登場人物

近杉祐太郎　ちかすぎゆうたろう　―　ガソリンスタンド店　店主（25）

根森真人　ねもりまこと　―　小説家（42）

宝居鳴美　たからいなるみ　―　ガソリンスタンド店　アルバイト（31）

示野香夜子　しめのかよこ　―　看護師（25）

1

夏のある日の夕方で、東京サマーランド最寄りのガソリンスタンド、そのサービスルームの建屋内。

奥に出入り口があり、その外に給油フィールドがあるかと思われる。

レジカウンターがあって、奥に炊事場があるはず。

客用のテーブルと椅子がある、ソファーがある、洗面所のドアがある、二階に続く階段がある。

壁に洗車料金やオイル販売の貼り紙がある。

扇風機が回っていて、手洗い洗車の料金表の貼り紙が、風でぺらーっとめくれ上がっている。

ガソリン携帯缶が放置されて転がっている。

ハンドスピナーを回しながら階段を下りてくる、この店のユニフォーム姿の宝居《たからい》鳴美《なるみ》（31）。

転がった携帯缶をまたぎ、椅子に座る。

もうひとつの椅子に足を載せ、だるそうにハンドスピナーを回す。

外から入ってくる、ユニフォーム姿の近杉祐太郎《ちかすぎゆうたろう》（25）。

首にひどく汚いタオルをかけていて、彼は今後もそれをいつも離さない。

洗濯済みのタオルが積み重ねられた籠を抱えている。

テーブルには宝居がいるので、とりあえずタオルの籠はカウンターに置く。

放置されている携帯缶をきちんと置き直す。

壁の貼り紙が剥がれかけているのにも気付き、扇風機を切って、画鋲できちんと留める。

近杉、カウンターでタオルを畳みながら。

近杉　この新しいタオルって、おろしてから三回は洗濯してるじゃないですか。なんで水吸わないんですかね……もう新しいタオルも水を吸わない。なんかａｉｋｏの歌の歌詞みたいですね。まさか防水タオルってことないですよね。防水しちゃったらもうタオルじゃないですもんね。よく濡れられる傘ってことですもんね。

宝居 店長。ずっとひとりごと言ってますよ。

近杉 今ね、話しかけてたんです、宝居さんに。

答えず、ハンドスピナーを回している宝居。

近杉 すいません、さっきお願いしたのって。

宝居 (面倒そうに息をついて)よいしょ。

立ち上がった宝居、置いてあった色違いのガソリン携帯缶を二つ並べ、蓋を開けてポンプを差し込む。

ポンプを操作し、携帯缶の中のガソリンをもう一方の携帯缶に移し替える作業をはじめる。

どうやらチューブに穴が開いているらしく、ガソリンがぴゅーっと飛ぶ。

宝居、いったん手を止めてそれを見るが、また操作する。

またガソリンがぴゅーっと飛ぶ。

近杉、えー?　と思いながらその様子を見守っている。

宝居、また操作して、また飛ばす。

近杉　（我慢ならず）穴、開いてるんじゃないですか？

宝居は聞こえているのかいないのか、続ける。

近杉　穴が開いてるんだと思うんですけど。ポンプに、穴が。

宝居、操作し、液体が高々と飛ぶ。

宝居　（ポンプをじっと見て）穴開いてんのかな、ポンプに。

近杉　（今そう言いましたよねと頷く）

宝居、駄目だこれと放り出してしまい、また椅子に座って足を投げ出し、ハンドスピナーを回す。

近杉、えーと思って、仕方なくタオルを手にし、床にこぼれたガソリンを自分で拭く。

宝居　今日はね、もうのんびりしようって決めたんですよ。
近杉　あー。
宝居　まず、今週はのんびりしようって決めてて。
近杉　あー。あ、でも……。
宝居　今年はのんびりしようって決めてたんですね。今年は物産展いっぱい行こーって思ってたし。
近杉　何の物産展ですか。
宝居　その時その時やってる物産展ですよ。そういう上での、今なんでね、今、思いついてのんびりしてるわけじゃないんですよ。
近杉　まだ店閉めてないから、お客さん来ると思うんですけど。
宝居　（白け、小声で）その時は働くに決まってんじゃん。
近杉　（すいません、と頷く）

近杉、拭き終えて。

近杉　なんかお腹すきましたねー。
宝居　（どっち？　と近杉を見る）
近杉　話しかけてるんです。二人しかいないから喋ってるってことは、話しかけてるってことだと思うんですけど。
宝居　人が五人いて、その全員がひとりごと言ってる部屋をわたし見たことあります。
近杉　……。（ひとりごとで）なんかお腹すいたな。

近杉、冷蔵庫の中を物色し、カップ入りゼリーの詰まった袋を見つけた。ひとつ取り、上蓋を剥がし、食べようとする。

宝居　店長、それ駄目ですよ。
近杉　あ、宝居さんのですか。
宝居　人間のじゃなくて、カブトムシのゼリーですよ。
近杉　カブトムシ。あ、あー餌ですか。
宝居　人間が食べたらお腹壊します。
近杉　まじすか。やばいすね。やばいやばい。

そう言ってゼリーをいったん冷蔵庫に戻そうとする。

しかし手が止まって、じっと見つめる。

宝居は黙々とハンドスピナーを回している。

近杉、指先でゼリーをいじっていて、ふいにゼリーを掴むと、上蓋を一気に剥がし、食べてしまう。

続けてまた一個食べ、さらにもう一個食べる。

その時、出入り口より入ってくる、根森真人《ねもりまこと》（42）。

緑のジャケットに、臙脂《えんじ》のネクタイをしている。

近杉、慌ててゼリーを飲み込み、空き容器をポケットにねじ込んで。

近杉　いらっしゃいませ……。

しかし根森はすぐに引き返して出ていった。

近杉、あれ？　と思っていると、根森、今度は示野香夜子《しめのかよこ》（25）を連れて入ってきた。

根森、ふてくされた様子の示野に、ソファーに座るように促して。

根森　座って。座って。そう、座って、ううん、座って。

渋々座った示野。

根森　（店内を見回し）このへんはどこ行っても殺風景だね。
近杉　（根森を見つめ）……。

根森、こっちを見ている近杉に気付き、あ、と。

根森　ごめんなさい、えっと。
近杉　はい。あ。（と、外を示して）
根森　いや。
近杉　え？（と、外、中、外を示して）
根森　あ、違います違います。
近杉　え？
根森　いや、車じゃなくて。

近杉 あ。はい。あ、え？　えっと……。
宝居 なんですかー。
根森 （宝居に）あ、すいません。あの、わたし、あの、根森と申しまして……。
近杉 根森さん。
根森 はい。えーと……。
宝居 （近杉に）東京無線の人じゃないですか？
根森 え？

宝居は根森の服装のことを言っている。

宝居 東京無線の人ですよね。
近杉 あー。
根森 （自分のジャケットを見て）違います。
宝居 ネクタイだって。
根森 どっちもミラノで買ったもので。
宝居 でも今日すれ違った人に多数決取ったら、あ、ミラノで買ったのかなって思う人より、あ、東京無線の人、休憩中なのかなって思う人の方が多いと思います。

根森　……どう思われようとね、自分のために着てますんで。

宝居　それだったら、いいと思いますよ。

根森　……。（近杉と目が合って）うん？

近杉　自分のためがいいと思います。

根森　うん？

近杉　うん？

根森　うん？

ふいに立ち上がり、出て行こうとする示野。

追いかけ、示野の腕を掴んで連れ戻してくる根森。

根森　座ってて。

根森、携帯缶を蹴飛ばしてしまって、慌てて戻し。

根森　あーごめんなさい。えっと、なんだっけ、あ、こちらの、あの、スタンドさんにですか、えーと、近杉さん、近杉祐太郎さんとおっしゃる方、いらっしゃいますでしょうか。

近杉　僕です。

根森　あ、あなた。あ、近杉さん。あ、これはどうも、わたくし、あなたの兄、兄の者でして。

近杉　兄、兄の者。

根森　はい、根森と申します。はじめまして、兄です。

近杉　（よくわからないが）弟です。

根森　あ、わかります？

近杉　（首を傾げる）

根森　わたし、あなたのお父様の……。（あらためておかしく感じ、半笑いで）あ、今わかんないのに弟ですって言ったんですか。

近杉　すいません。

根森　いや、いいんですいいんです、すいません。あの、えーと、あなたのお父様、えー、静男さんとおっしゃいますよね。わたしその静男さんが……。

宝居、台車を押してきて、携帯缶を運ぶので。

根森 （避けて）すいません……。

根森、自然と椅子に座って、近杉も座って。

根森 あなたのお母様ですか、そちらとご一緒になる前の、あなた生まれる前の、前の家庭というか、その家のそこの息子です、最初の方の息子です、今の説明わかりますか？

近杉 （首を傾げ）

根森 えーと、ちょっと変な言い方をしますと、腹違いのこちら兄、そちら弟、ということになりますね。

近杉 あ、あー。あーあーあー。

根森 うん？　わかりました？

近杉 本を作る人。

根森 そうですそうです、一般には作家と呼ばれてます。小説家やっておりまして。えー、

近杉　東京から参りました根森です。
根森　あー、あ、はい。（と、小さく拍手する）
近杉　ここ、東京です。
根森　あ、はい、すいません。えっとですね……。
近杉　うん？　あ、あきる野市でしたっけ。（向こうを指さし）東京サマーランド。
根森　はい、すぐ。
近杉　東京ですね。東京から東京に来た。それで、わたし、兄になるわけですが。
根森　お写真見たことあります。
近杉　写真。あ、僕の？　あ、本で？
根森　キャバクラの。
近杉　あ。あーはいはいはい。雑誌にね、載ったやつのね。
根森　（根森を示し）キャバクラで座ってらして、こう、（服を）めくりあげて。
近杉　はいはいはい。
根森　（両側の）女性から、こう、お箸で。
近杉　乳首をね、お箸でつままれてるやつね。はい、反省してます。それでね、今日お伺いしたのは、その父がうちを去りましてもう二十五年なりますし、そちらのお母様も亡くなられたとは伺ってて、ま、うちもそうで、わたしももうその間、あの人と会ってなかったんで……最近会われてますか？　父、お父様には。

近杉　うん？

根森　お父様と最近会われましたか？

近杉　宝居さん、ハム腐ってたのいつでしたっけ。

宝居　おととい。

近杉　おととい会いました。

根森　じゃあ、あの人の現状ももちろん把握なさってて……。

近杉　宝居さん、請求書に鼻くそ付いてたのいつでしたっけ。

宝居　金曜日。

近杉　すいません、会ったの金曜日でした。

根森、何それと思って持参したペットボトルの水を飲もうとするが、空だったので諦めて置く。

近杉　（その様子を見て、あ、と）……。

根森　ま、それで、本日お伺いしたのは、あの人、あなたのお父様の、その、ご病気と申しますか……。

近杉　すいません。（と、席を立とうとする）

根森　うん？

近杉　お飲み物、何飲まれますか。

根森　飲み物？　いま？　結構です。えー、お父様、入院されてるじゃないですか。

近杉　（中腰のまま）はい。

根森　あきる野総合病院。

近杉　（中腰のまま）はい。

根森　（中腰が気になりつつ）そのね、病院に、わたしも先日来何度か訪ねまして。

近杉　（中腰のまま）はい。

根森　率直に申しますね。今、お父様が長期入院されているこの状況、その原因、そもそもの発端として、医療事故、医療ミスがあったんじゃないか、という……。（中腰に我慢ならず）じゃ飲み物一回いただきますね。

近杉　（さっと立って）お飲み物、何がいいですか。

根森　何だろ、どうしよう、何がいいかな。

近杉　麦茶しかありません。

根森　じゃ、麦茶で。

近杉、頷き、カウンターの奥の炊事場に引っ込んで、またすぐに顔を出して。

近杉　すいません、麦茶しかありませんけど、麦茶でいいですかって最初に聞けば良かったですね。

根森　大丈夫ですよ。

近杉、礼をし、炊事場に行く。

根森　(示野を睨み) 待っててね。

すると宝居が来て、根森の前に座って。

宝居　医療ミスって? (と、なんか嬉しそう)

根森　え？　あ、まあ……。

宝居　え、え、え、内緒の話なんですか。

根森　内緒ではありませんけど。彼が戻ってきたら話すことだから、今話すと、二度手間になるじゃないですか。

宝居　店長のお父さん、なんで入院してるんですか？

根森　（面倒臭い人だと思いながら）ま、元はと言えば……。

宝居　元はと言えば。（と、なんか興奮している）

根森　三年ほど前に、骨粗しょう症っていう骨の病気になって、寝たきりだったらしいんだけど、ま、元気ではいて……。

席を立つ示野。

根森　座ってて。

示野、オイル缶などを無意味に眺めて、根森を苛立たせながら、結局また座った。

根森　（宝居が待っているので、仕方なく続けて）それが、今年の頭ですか、ちょっと気管を悪くして入院したらしいんですね。ま、（喉を示し）ここにチューブを、して、人工呼吸器をね、取り付けたんですって。でもその時はまだすぐに退院出来るはずだったんですよ。（示野に）ね。

知らん顔している示野。

根森　それで……。（まだかなと炊事場を見て）この説明、彼が戻ってきてからでいいんじゃないですか。
宝居　退院出来なかったんですか？
根森　うん。
宝居　なぜ。
根森　この半年間、意識が無いんですよ。
宝居　え、え、え、（小声で）植物化、植物状況ってことですか。
根森　（小声で言うなと思って、大きな声で）そうですね。
宝居　（手を叩いて）わかった、医療ミスだ、それって医療ミスでしょ。

根森　（だからそう言ったよねと思いながら）うん。（炊事場に）近杉さん？　別に氷とか結構なんで……。

　　近杉、味噌やら乾燥わかめやらを持って出てきて。

近杉　はい。
根森　二度手間になるんで……なんでお味噌お持ちなんでしょ。
近杉　麦茶ないんで、味噌汁でもいいですか。
根森　飲み物はもういいかな。
近杉　あ……あ、はい。じゃ、ちょっとすぐ行ってきます。
根森　どこ行くの。
近杉　マドレーヌは買ってきます。
根森　座って。
近杉　マドレーヌは……。
根森　話の途中なんで。
近杉　でもおやつ無いと。（と、乾燥わかめを見る）

根森　（苦笑し）ふえるワカメ。そんなもの食べたらお腹壊しますよ。
近杉　……。
根森　話のね、途中なんで。
近杉　はい、すいません。

近杉、炊事場に戻っていった。

根森　出来ればそのますぐ戻ってきて……。
宝居　どんな医療ミスがあって、植物化したんですか？
根森　うん？　いや、正式には発表されてないんですよ。病院側は単なる症状の悪化として言ってて。でも……。
宝居　うん。
根森　わたしが探ったところ……。
宝居　うん。
根森　どうもその人工呼吸器の……。
宝居　うん。

根森　チューブに問題が……。
宝居　チューブ？
　　　宝居、ふいに駆け出し、ポンプを持って戻ってきて、こういうの？　と。
根森　そう、そういうの。ま、それで、その、そこからの酸素なのか、が途切れて、店長さんのお父様の脳に……。
宝居　い、か、な、い。
根森　うん、くなったみたいなの……。
宝居　医療ミスですよ。
根森　うん、かなーって……。
示野　関係ねえ奴に喋んない方がいいんじゃないの。
根森　（え、と思って、宝居に）あなた、関係ない人なの？
示野　見るからにバイトじゃん。
根森　バイトか。
宝居　（示野に）なんですか。

示野　ミルカラニバイトだよ。
宝居　あーそうか、知らないんだ、わたしのこと知らないんだ。
示野　は？
宝居　わたし、いちおう読者モデルなんで。読者モデルありきのバイトです、ミルカラニバイトとは違います。
根森　あ、読モさんなの。
示野　関係ないじゃん。関係ないし、嘘じゃん。
宝居　（苦笑し、根森に）あの人、ファッションのこと知らないみたいですね。クロックス履いてるし。
示野　え、なんの雑誌に載ってんすか。
宝居　言ってもわかんないと思う。
示野　バッグ見して。ヘアアイロン持ってる？　読者モデルが財布より大事にしてるヘアアイロン持ってる？
宝居　今日は、置いてきた、２ＬＤＫのマンションに。

話している三人の背後、近杉が出てきて、レジ横からハサミを取り、乾燥わかめの袋を開けている。

根森　（気付き）あ、近杉さん？

開け終えた近杉は炊事場に戻ってしまった。

根森　近杉さん。

示野　ガソリンスタンドでバイトしてる読者モデルがいるわけないじゃん。

宝居　え、自分は、自分はなんなんですか。

根森　その人は看護師ですよ。そのさっき話した病院の。

宝居　看護婦か。

示野　え、なんすか。

宝居　看護婦か。看護婦か看護婦か看護婦か。（と、両方の鼻をほじる真似）

立ち上がった示野、クロックスを脱いで掴んで、宝居の頭をひっぱたく。

示野　よくわかんねえ侮辱の仕方すんな。
宝居　叩かれました！　わたし、クロックスで叩かれました！
示野　うるせえ。
宝居　お帰りください、看護婦は病院にお帰りください。
根森　いやいやいや、帰ってもらったら困るんです。その女の話を聞くために今日はここに来たんで。確かにあなたには関係ないことだし……。
示野　ミルカラニバイトには関係ないって。
宝居　（根森に）関係ないってなんですか。
根森　うん？　関係ない、よね？
宝居　わたし、クロックスで頭叩かれたんですよ？　クロックスで頭叩かれる人ってクロックス履いてる人より駄目な人ってことですよね？
示野　箸で乳首挟まれる人よりはずっと上だと思うよ。
根森　そうね。
宝居　（頭を押さえて）痛い痛い痛い痛い痛い痛い痛い。
根森　痛いってことを痛いって言ったって痛いだけですよ。
宝居　え、なんでそっちの味方するんですか？　え、わたしには感情移入しづらいから？

示野　そやってすぐ男に助け求める女だからじゃない？

宝居　え、何この突然の嫌な夜。（炊事場に）店長ー、わたし、あれ使っていいですか、ずっと使いたかったあれ使っていいですか。

宝居、レジ脇から防犯カラーボールを取り出し、示野に投げようとする。
乾燥わかめを持って出てきた近杉、それを止める。

宝居　店長、わたし、関係ないんですか？

近杉　宝居さんは大事なバイトさんです。

宝居　感情移入しづらいですか？

近杉　しづらくないです。しやすいです。

宝居　（示野に）ほら。あなたみたいな人はさ、友達とディズニーランド行って、ファストパス取りに行く係とかさせられたことないんでしょうね。

示野　それはないけど、シーでファストパス取ってくるねって言って、全部地球儀の池に投げ捨てて帰ったことはある。

宝居、え、となって、見合う二人。

宝居　じゃ、わりと近いじゃん。

示野　近いね。

宝居　ふーん。ごめん。

示野　いいよ。

なんか気持ちが通じ合った様子の二人。

根森　え？

近杉　宝居さん、あと僕やっときますんで今日もう上がっていただいて大丈夫です。

宝居　お疲れさまでした！

帽子を取り、髪の毛を整えはじめる。

根森　（安堵し）近杉さん、まず座ってください。

近杉　はい。

近杉と根森、向き合って座る。

根森　はい。はい、じゃあ再開します。（近杉に）えっと。

近杉、まだ持っている乾燥わかめをどこに置こうかと見回しながら。

近杉　はい……。

根森　あの人、あなたのお父様ね、もう半年意識戻らないまま入院してますでしょ？

近杉、テーブルの端に乾燥わかめを置くものの。

近杉　（まだ気になっていて）はい……。

根森　そうなった、その原因についてはどう考えられてます？

根森が話すと同時に、示野が宝居に話しかけて。

示野 え、でも読モっぽいよ。

双方の会話、重なって。

根森 病院からはなんて説明受けました?
宝居 本当? あ、でもそっちだって。
近杉 (乾燥わかめを見ながら)説明。説明。
示野 そうかな。あ、でもわたしも……。
根森 突然意識不明になられたわけですよね。
宝居 え、モデルなんですか?
示野 違う違う、子役子役。
根森 前日まで退院も近いって……。
宝居 え、子役?
根森 (示野と宝居の会話が気になり)あのバイトさん、着替え終わってからタイムカード押すつもりですよ。

近杉　うち、着替え終わってから押すシステムなんです。

根森　そうなんですか、はー。えっと……。

示野　昔、テレビとか出たことあって。

宝居　へー、すごい。

根森　（気になって）お父様は、気管にね、人工呼吸器を……。

示野　山田洋次監督って知ってる？　作品出たことあって。

根森　（気になって）通され、て……。

宝居　聞いたことあります。

根森　いて、えー……。

示野　でも撮影中に、山田洋次監督に、あなたおじさん？　おばさん？　って聞いたら、干されちゃって。

宝居　えー。

根森　えー。（と思わず言ってしまって、口を噤《つぐ》む）

近杉　（根森の話を真面目に聞いていていて）はい？

根森　あ、その、チューブのね……。

着替え終えた宝居、タイムカードを押す。

根森　（見て）近杉さん、い、今んなってタイムカード押したよ。

近杉　いいんです。

宝居　あ、バス代忘れちゃった。

募金箱をひっくり返し、お金を集める宝居。

根森　近杉さん、あのバイトさん、募金抜いてますよ。

近杉　大丈夫です、地球環境のなんで。

根森　大丈夫なの？

近杉　地球環境のなんで。もう、あの、うちの募金じゃ食い止められないんで。

宝居　（示野に）じゃあね。（近杉に）お疲れさまでした。

近杉　お疲れさまでした。

帰っていった宝居。

根森　（呆れていて）……あーなるほどね。（近杉を品定めするように見て）わたし、なんとなくわかりました。

近杉　はい？

根森、煙草を出して。

根森　ライターって……。

近杉　ライター、はい。

近杉、灰皿の脇にゴムで吊してあるライターを、びよーんと伸ばして引っ張ってこようとする。

根森　……そっち行きます。落ち着かないから。

近杉　落ち着かない？

根森　ゴムの、戻るのが。

根森、灰皿の傍らに行き、ライターで火を点けようとしながら話す。

根森　近杉さんね。あなた、あれですね。今ちょっとご様子拝見してて思いましたけど。ま、馬鹿とは言わないけども、相当なお人好しの部類でしょ。病院からの説明も、そのまんま真に受けちゃって、るでしょ……これ火点きませんね。

近杉　十回こすったら一回は点きます。

根森、むっとして火を点けずに、煙草をしまって。

根森　近杉さんね。はっきり申し上げます。あなた、病院に騙されてます。

近杉　……。

近杉、乾燥わかめに手を伸ばし、取る。

根森　（示野に）看護師さん。元子役の看護師さん、ちょっとこっち来てくれる？

示野、知らん顔をしている。

根森　（むっとし、近杉に）彼女ね、あきる野総合病院の呼吸器内科にお勤めの看護師さん。見たことある？

示野　（しかめっ面で）はじめまして。

近杉　……。

示野　はじめまして。

近杉、乾燥わかめを元の位置に戻して。

近杉　はじめまして。

根森、その様子を見ていて、ため息をつく。
窓の外は日が暮れて、もう夜になろうとしている。

根森　ま、わたし一夜漬けですけど、取材したこともあって、多少なりとも病院界隈に関しての知識があるんです。あきる野総合病院には問題がある、事故が相次いでる、そんな噂を耳にしたこともありました。だからあの人の入院してる病院がまさにそこだと聞いて、しかも意識不明だっていうでしょ。おや？　と思ったわけですね。で、勝手ながら病院に行ってみました。

近杉　父に会ったんですか？

根森　いいえ。

近杉　……。

近杉、冷蔵庫の方を見て、何かに気付く。

根森　当日のことを記憶している後藤さんという長期入院中の患者さんがいらっしゃいました。その日は、ピョンチャンオリンピック九日目、フィギュア男子フリープログラムが行われて、羽生結弦選手が金メダルを獲得した日でした。午後一時四十三分。入院患者はみなテレビの前に集まって、羽生選手を応援していました。しかし後藤さんは興味がなかった。だから聞こえたらしいんですね、廊下を駆け抜けていく看護師たちの足音が。入院生活も長いからすぐにわかった。何かあったな、と。後藤さん、見に行かれました。六階に上がって呼吸器内科の病棟に行き、そこでひとりの看護師とぶつかりました。看護師はすぐに落としたものを拾い、立ち去ったのですが、あれ？　後藤さん、不思議に思いました。看護師が手にしていた人工呼吸器のチューブには、あるはずのないものがあったからです。結び目です。後藤さんはキャンプが趣味でしたから、その結び方の呼び名をご存知でした。バタフライノットという結び目です。羽生選手の金メダルに病室は沸き返っていましたが、後藤さんはその間も結び目のあるチューブを持っていた看護師のことを思い返していました。あの看護師、かがんだ時に胸が若干見えた。本来あの病院の看護師は全員、ナースのためのカタログ通販雑誌アンファミエで一括購入されている、かがんだ時に胸元が見えない新設計の、スクラブという白衣を使用していたんですね。にもかかわらず、胸元が見えた。実はその看護師、まだ勤務したてで、以前いた病院のものを着ていたからなんですね。かがむと胸が見える、そのスクラブを着ていた看護師はひとりだけ、示野さん。示野香夜子さん。こっち来て。

示野　（ため息をつき）言いがかりもいい加減にしてくんないかな。

根森　近杉さんね。

さっきから聞いているのかいないのか、ずっと冷蔵庫の方を向いていた近杉、え？　と振り返る。

根森　お父様は男子フリープログラムとほぼ同じ四分間呼吸が停止し、後遺症が残りました。鳴ったはずのアラームの記録は残されていない。何らかの医療事故が起こり、後に院内で隠蔽されたのは間違いありません。真相を解明するためには訴訟を起こす必要があります。近杉さん、わたしと一緒にあの病院を訴えませんか。

近杉　（冷蔵庫の方を見ながら）はい……。

根森　はい。聞いてます？

近杉　（え？　となるが、元気に）はい。

根森　はい。返事はいいけど。

近杉　あ、接客はやっぱり返事にはじまって……。

根森　返事に終わる。

近杉　はい。

近杉、話しながらまた冷蔵庫をちらちら見ている。

根森　ひどい話じゃないですか。ちょっとの入院で済むはずが、今や言葉を発することも指一本動かすことも出来ない。

根森、話していて、近杉が冷蔵庫を凝視しているのに気付き、何だ？　と思うものの、続けて。

根森　ここ数年はお父様の介護をしてたわけでしょ。介護は心を削るって言うもん。悔しいでしょ。（示野に）そういえば、以前あったよね、黒い看護婦事件。あの病院にも殺人看護師がいるんじゃないですか。君が、（近杉に）さっきからあなた、何見てるの？

近杉、立ち上がり、冷蔵庫の上に手を伸ばす。
何かを指でつまんで目の前に運び、見つめる。

近杉　……やっぱりちん毛だ。

根森　え？

近杉　（根森に見せて）これ、ちん毛ですよね。
根森　え？
近杉　カーブしてるし、ちん毛ですよね。

示野が来て。

示野　何？（と、覗き込む）

近杉、示野にも見せる。

示野　ちん毛じゃん。
近杉　ちん毛ですよね。なんでこんなとこに落ちてるんだろ。
示野　おかしいよね。
根森　（示野に）え、君さっきさんざん僕が呼んだ時には来なかったくせに、なんで陰毛の話になると来るの？
近杉　ちん毛なんです。

根森　駄目?

近杉　駄目じゃないです。(示野に)駄目じゃないですよね。

示野　駄目じゃない。

根森　じゃ、何。

近杉　なんで、冷蔵庫の上に。

示野　うん、冷蔵庫の上に、なんで。

根森　君のじゃないの?

近杉　え、僕の?

根森　君がいつか落とした陰毛なんじゃないの?

近杉　僕がいつか落とした陰毛。

根森　そうでしょ、ここは君のお店なんだから。

近杉　すいません、自分馬鹿なんで意味がわかりません。

根森　え、何が?

近杉　えっと、間違ってるのかもしれないですけど……。

近杉、冷蔵庫の傍らに立って。

近杉　（自分の髪の毛を示し、そこから棚の上へと落ちる様を示し）こうはあります。
示野　うん。
近杉　（自分の股間を示し、そこから棚の上へ上がっていく様を示し）こうはありません。
根森　……。
近杉　（伝わってないかなと思って繰り返し）こうはあります。こうはありません。
示野　重力でしょ。
近杉　はい。なんでだろ。
根森　それはさ……。
近杉・示野　（え、わかるの？　と同時に根森を見る）
根森　（気後れし）……それは、ただ、君の陰毛が、ただ、あ、ここにあったんだ、っていうことだよ。
近杉　え？　（示野に）え、わかります？
示野　ごめん、わたしも馬鹿だから。
根森　あ、こんなところにいたんだ、っていう、そういうことの、あるでしょ。
近杉　それは自転車の鍵とか、違うか。
根森　合ってる。自転車の鍵と一緒。冬服の内ポケットに、あ、ここにあったんだ、って。

近杉　（陰毛を見て）あ、ここにあったんだ……でも自転車の鍵は自分でじゃないですか。僕、ここにちん毛置いてないんですよね。置いたのかな？（と考えて、首を振り）置いてないです。
根森　普通はね。
示野　置かなかったちん毛がなんでここにあったの。
根森　（面倒臭くなって）登ったんじゃないの？
示野　登った？

顔を見合わせる近杉と示野。

根森　野生の陰毛なんじゃない？
近杉　えっと……。
根森　どこに行こうと登ろうと陰毛の自由でしょ。こう毎日暑かったら陰毛だって好きなところに出かけたくなりますよ。それか、うっかりしてたか。
近杉　うっかり？
示野　新しい概念が出てきたね。うっかりって？

根森　誰にだって間違いはあるじゃない。しむらさんがインスタグラムにうっかりちんこアップしちゃったみたいにさ。

近杉　うっかりちんこ？

根森　そう、うっかりちんこがあるんだから普通に考えてうっかりちん毛、（言い直し）うっかり陰毛もあるでしょ。

顔を見合わせる近杉と示野。

根森　（声を荒らげ）野生の陰毛は存在する。時々うっかりする。その解釈で駄目!?

近杉　（動揺し）駄目じゃないです。（示野に）その解釈で。

示野　（頷く）

近杉　（根森に）大丈夫です、その解釈にします。

根森　します。

近杉　その解釈がいいです。（きちんと聞く体勢にして座り）ごめんなさい、なんの話でしたっけ。

根森　僕、もう元の話に戻る自信がないよ。遠くまで来すぎて、帰り道がわからない。

近杉はまた乾燥わかめを見つめはじめている。
袋の口を開け、ちらちらと中を覗いている。

根森 えーっと、それで、（示野に）根森さんね、根森さんは俺だ。あなたね。あなたね。だってチューブを処分したのはあなただもん。何があったのか知ってるでしょ。

近杉、やっぱり乾燥わかめの口を閉めて、遠ざけようとして端に置く。
我慢して、拳をぎゅっと握る。

示野 いくらくれんの？

根森 あ、出た。出ました。本性が出ましたよ。

示野 だって人なんかしょっちゅう死んでるしー、そんなんいちいちおぼえてらんないしー、お金もらえるなら思い出せるかもしんないけどー。

根森 腹立つな。

近杉、また乾燥わかめを取り、口を開ける。

中身を取り出し、じーっと見つめる。

示野　お金も払わないくせに偉そうな人は嫌いだしー、偉い人の反対語は偉そうな人だしー。

根森　それはその通りだけど、え、何、何それ、誰かの真似？

示野　後輩ー。

近杉、手に取った乾燥わかめを戻しかけて、さっと口に運び、食べた。

根森　なんで今後輩の真似すんの。

示野　死ね。

根森　死ねって言うな、人に。

示野　後輩が言ってたしー。

根森　後輩に、人に死ねって言うなって言って。

近杉、またさらにもう一度、今度はがっと掴んで、口の中に一気に放り込んだ。

示野　お金もらえたら思い出せるかもしんないけどー。
根森　頭おかしいのか。救急車来ますよ、黄色い救急車来ますよ。

近杉、乾燥わかめの袋を逆さにし、中身を一気に口の中に流し込む。

根森　（振り返り）あなたも何とか言ったらどうですか。
近杉　（慌てて乾燥わかめの袋を捨て、口一杯のまま）はい。
根森　何食べてんの？
近杉　（口一杯のまま、首を傾げる）

このあたりより、いつの間にか勝手に扇風機が動き出しており、静かに風を送っている。
しかし三人は気付いていない。

根森　あなた自身のことなんだから、あなたからも言って。
近杉　（飲み込んで）……今日は本書かないんですか。

根森　え？　何？　え、小説？

近杉　小説、はい、小説。

根森　今ね、お父様の話をしてて。

近杉　お父さんから聞いてました。実はおまえには、（恥ずかしそうに、目を逸らし）お兄ちゃんがいるんだよ。お兄ちゃんは、本を、作って、（首を傾げ）書いて、いるんだよって。

根森　あ、そう。

近杉　写真嬉しかったです。この人がお兄ちゃんなのかあって思って、夜いつも寝る前に見て。

根森　あ、そうですか。

近杉　会う、（大きく首を振り）会うとかは思ってなかったです。でも、でもも思ってないです、すいません。思ってないです……でも偶然会っちゃったらどうしようって。（と、照れて微笑《わら》ってうつむく）

根森、面倒に思って、洗面所に行こうとする。
示野、睨み、あの人まだ話してるじゃないのと近杉を示す。

近杉　一回、一回だけ葉書出しました。ごめんなさい。
根森　葉書。どこに。
近杉　本の、本のところに書いてある住所に。
根森　あー出版社ね。
近杉　ごめんなさい。変なこと書いて。
根森　そういうのはね、まぎれちゃうからね、読んでないね。
近杉　……読んでないんですか。
根森　たぶんね。
近杉　そうですか、読んでない。はい。

根森、洗面所に行かせろよと示野を睨む。
示野、駄目だと追い返す。

近杉　じゃあ、なんで来てくれたの？
根森　何が？
近杉　来てくれるってわかってたら、マドレーヌ……。

根森　マドレーヌ？

近杉　大事なお客様にはマドレーヌ。

根森、こいつ何言ってるんだ？　と思って。

根森　……。（思い出して、苦笑し）あった。あったあった、この近所にそういう看板の、古くさい看板の、大事なお客様にはマドレーヌ。あったあった、洋菓子屋。

近杉　いらっしゃるってわかってたら、（店内を見回し）飾りとか絵とかも飾って。ごめんなさい、何もなくて……。

根森　（苦笑していて）

近杉、何やら思いついて、窓際に駆け出す。
紐を引き、ブラインドを一気に引き上げる。
外はすっかり夜だ。
近杉、外を示して。

近杉　これ、これ、ここから見てくださ い。ここね、夜んなると、タイヤの跡が見えるんです。昼間のうちの暑くて、熱で溶けた、溶けて、地面残ったタイヤの跡に、蛍光灯の光、当たって、その跡のとこだけ、ところだけが、ふあーって光って浮かぶんです。溶けて、こびりついて、取れないゴムとか、亜鉛とか、カーボンとか、が重なって、なんかあれ、雪の、模様、雪の、結晶、結晶です、結晶の模様のみたいになります。夜のガソリンスタンド、こんなに綺麗だっけ、意外と綺麗ねって、運転手さんたち、助手席の人たち、言ってくださいます。これ見てください。

根森、面倒そうに息をつき、歩み寄って。

根森　（見て）あー、はい。見た。見ました。

近杉、なんとなくお腹に手をやる。

根森　綺麗ですね。（と、心無く）

示野、落ちている乾燥わかめの袋に気付いて、あれ？　と思って歩み寄り、拾う。

示野　（見て、え、となって）店長さん。

お腹を押さえている近杉。

示野　まさかこれ食べたの？

根森　何？　え、食べたの？　ふえるワカメ？

示野　空んなってる。

根森　食べたんですか？

近杉　はい。（と、返事よく）

示野　え、大丈夫？

根森　なんで？　え、なんで？

示野　お腹痛いの？　え、大丈夫？

根森　その、袋にさ、お客様相談センターの番号書いてない？　電話して聞いてみたら？

示野　救急車呼んだ方がいいんじゃない？

根森　え、あの病院行くの？

近杉　黄色い救急車……。

根森　うん？

近杉　黄色い救急車……。

根森　（苦笑し）いや、黄色い救急車ってのは、頭のおかしくなった人を迎えにくる救急車のことで。（示野に）父の昔からの口癖で、子供に言うこと聞かすために言うんですよ。黄色い救急車呼ぶぞって。実在しないの。

どこかでスマホの着信音が鳴っている。

根森と示野、自分のスマホを取りだし、鳴っていないことを確認する。

示野　（階段を見上げ）上かな。（近杉に）店長さんのじゃないですか？

近杉　はい……。

近杉、頷き、お腹を押さえながら二階に行く。

根森、変な奴だなと見送っていると、着信がある。

自分のスマホの画面を見て、顔をしかめながら出て。

根森　はい。はい。そうです。はい、しましたね。わかってますけど。僕は、わたしはね、妻と直接話したい、え？　いや、おかしいでしょ、だってまだ離婚、まだそういう話さえしてないのに。ちょっとね。いや別にあなたと話すことないから。失礼しますね。切ります。失礼しますね。（と、切った）

示野が見ている。

根森　なんでしょ。

示野　お金がいるんだ。だからか、病院訴えるのって。

根森　……。

その時、階段を下りて戻ってきた近杉。
何やら大きな額縁を抱えている。
根森と示野、なんだ？　と見ると、額の中は小さな鯛の魚拓だった。

根森　何これ？　鯛？

示野　まぬけな顔。

根森　小さいね。字の方が大きいじゃない。

近杉、傍らに置いてあったペットボトルの水を自然と手にし、蓋を開ける。

示野　電話は？

近杉　電話。あ、電話、はい。

根森　なんだったの？

近杉、ペットボトルの水をひと口飲んで。

近杉　病院からでした。

示野　（近杉が水を飲んでいるのを見て）店長さん。

根森　病院、何。

示野　お水駄目、それ飲んじゃ駄目。

根森　病院が何。

　　　　近杉、また飲んで。

近杉　父が死んだって。

　　　　三人、……。

根森　あーそう……。

　　　　近杉、額縁を壁にあてがって、根森に見せるように。

近杉　よく来てくださいました。

根森　（は？　と）

　　　　さっきから回っていた扇風機の風が壁の貼り紙をめくりあげている。

暗転、腹を押さえてうずくまる近杉の影と共に。

2

ある日の夜で、オルゴールによるバッハのメヌエットが流れている。
カウンターの上に骨壷が置いてあって、眺めている近杉、根森。
今日の根森は水色のストライプのシャツを着ている。
宝居は黙々とハンドスピナーを回している。
曲が終わると、根森、骨壷の袋に指先を向けて。

根森 今どこ押したら鳴ったの?
近杉 そこです、(頷き) そこ。

根森、ボタンを押すと、骨壷の袋に付属しているオルゴールにより、またメヌエットが流れる。

根森　（もう一度押して止めて）でも六十五年生きて、結果メヌエットってのもね……ま、それも人生か。（骨壺を）どこにしまうんですか？

近杉　どこにしましょう。（と、置き場所を探す）

根森、煙草を取り出し、灰皿の脇に吊ってあるライターで火を点けようとするが、点かない。

あ、点かないライターだったと思い出し、元に戻して。

根森　葬式、大丈夫でした？

近杉、骨壺を持って、あちこちに置いてみながら。

近杉　はい、無事に。

根森　生き物って、見ませんでした？

近杉　生き物。

根森　見るらしいんですよ。人が亡くなるでしょ。するとその人にゆかりのある人たちが同時に、同じ生き物を見かけるんですって。時に蜘蛛だったり、時にとかげだったり、あるいはキツネかもしれない。亡くなった人が最後の挨拶に来たのかな、っていうね。見なかった？

近杉、あちこち迷った挙げ句にまたカウンターの上に置く。

近杉 見てないです。見たんですか？
根森 もちろん見てません。そっかあ。ただの迷信か。（骨壺を見て）そもそもそんなところにいる気もしないしね。

根森、お弁当が三つ入ったレジ袋を骨壺の横に置き。

根森 ほらお弁当とあんまり変わんない。どっちがお骨でしょうか？
近杉 こっち。（と、お骨を示す）
根森 （微笑って）
近杉 （微笑って）

根森　え、あなた、もうお腹大丈夫なんですか？
近杉　はい。
根森　なんでふえるワカメ食べちゃうかな。
近杉　はい。
根森　返事だけはいいね。（お弁当を）食べましょうか。
近杉　麦茶しかないですけど、麦茶でいいですか？
根森　麦茶……。
近杉　あります。（と、自慢げに）
根森　麦茶で。

炊事場に入っていった近杉。
根森、店内を見回し、ハンドスピナーを回している宝居に話しかけて。

根森　知ってた？　ケンタッキーフライドチキンって元はガソリンスタンドだったんだって。チキンで大儲けして、カーネル・サンダースさん、店の子に手出して奥さんと離婚したの。うちと同じですね。（骨壺を見て）この人はね、僕がワサビ食えるよ

宝居　うになったこともコーヒー飲めるようになったことも知らない……。
根森　根森さん、ひとりごと言ってますよ。
宝居　（違うけど）うん。
根森　ローソンでバイトはじめたんですか。
宝居　ローソンの制服じゃないよ。ミラノで買ったの。まあ、同じ縦縞では……。
根森　横だったら佐川急便ですね。
宝居　……バイトさんって、お葬式って。
根森　行きましたよ。
宝居　行ったんだ。へえ。え、（炊事場を示し）彼泣いてた？
根森　炉に。
宝居　ろに？　あ、炉ね。炉に。
根森　炉に火が入る時と。
宝居　はいはい、定番だね。
根森　お骨拾う時に。
宝居　はいはいはいはい。
根森　店長、すごい笑ってました。笑ってたっていうか、すごい笑い堪えてました。

根森　何それ。

炊事場から出てくる、リボンで結んだデコレーションケーキの箱を持った近杉。

近杉　宝居さん、奥の冷蔵庫に……。（と、根森に気付く）

根森　（目が合って）うん？

近杉　……なんでもないです。

近杉、ケーキの箱を隠しながらまた炊事場に戻った。

根森　あ、そうだ、俺、トイレ行きたかったんだ。

根森、洗面所に入っていく。

近杉、今度はシャンパンボトルを持って出てきて。

近杉　シャンパンありました。

根森はおらず、宝居がハンドスピナーを回している。

近杉 あれ、根森さんは……。
宝居 帰ったんじゃないですか。
近杉 え……。
根森の声 いるよ、トイレ。何？ シャンパンって？
近杉 ……いえ、麦茶です。

近杉、炊事場に戻ろうとすると。

宝居 （ハンドスピナーを回しながら）店長。
近杉 はい。
宝居 平成ってなんだったんでしょうね。
近杉 ……平成。
宝居 どういう時代だったか。
近杉 ……すいません、今麦茶入れてるんで。また後で考えてもいいですか。

宝居　待ってます。

近杉、困惑しながら炊事場に戻る。
洗面所より、ファスナーを閉めながら出てくる根森。

根森　何、シャンパンって。なんで昼からシャンパンなの。南仏じゃないんだから。南仏の海岸かって。

宝居　根森さん、平成ってなんだったんでしょうね。

根森　なんだろね、お弁当食べようよ、お弁当。

近杉、麦茶の載ったお盆を持って戻ってくる。
近杉と根森、弁当を袋から出して並べはじめる。

根森　松花堂弁当ですよ。銀座のデパ地下で僕、三十分並んで買いました……。（ハンドスピナーを回している宝居に）あなたも食べるんなら手伝ったら？

宝居　今忙しいんで。

根森　なんかくるくる回してるだけじゃない。手伝ってよ。

無視する宝居。

根森　君、勤務中でしょ？　南仏じゃないんだよ？
近杉　宝居さんはいいんです。南仏？
根森　（それはいい、と首を振り）ねえ、何くるくる回してんのって。腕取るぞ。カニみたいに腕取るぞ。
近杉　（え？　と根森を見る）
宝居　ちょっと店長、邪魔です。
近杉　ごめんなさい。
根森　なんで謝るの。
近杉　ごめんなさい。
根森　なんで謝るのって。
近杉　ごめんなさい。
宝居　謝ったことを謝ってる。（と、嘲笑）

根森　……食べよう。
近杉　はい。

座り、箸を手にする近杉と根森。

宝居　あー、お寿司食べたい。

と言いながら来て、箸を手にする。

根森　……。（と、宝居を睨む）
宝居　（弁当を見て）海老入ってるのか。
根森　海老、嫌いなんですか？
宝居　海老って……。（と、にやにやしていて）
根森　何？
宝居　海老の尻尾ってね……いえ、なんでもないです。
近杉　海老の尻尾とゴキブリの羽根の成分は同じなんですよね。

根森、宝居、……。

近杉 確かに海老って、見た目がだいたい虫ですよね。蝉食べたり蜘蛛食べたりするのとだいたい一緒ですよね。味も一緒なのかな。いただきます。

根森 え、待って待って待って。今なんでそんなこと言ったの？

近杉 （しまった、という感じで）ごめんなさい。すいません。忘れてください。

根森 人ってそんなに早く忘れない。

宝居 他のこと考えればいいんじゃないですか。

根森 他のこと？

宝居 今までに読んだ一番面白かった漫画のこととか。

根森 なんで虫のこと忘れるために僕、三国志のこと考えながらお弁当食べなきゃいけないの？

近杉 ごめんなさい。

根森 六十巻あるんだよ。

近杉 ごめんなさい。

根森 ……いや、失礼。こちらこそ今日はね……。

その時、入って来る示野。

近杉・根森　（あ、と見る）

しかし示野、そのまま洗面所に駆け込んでいった。

根森　コンビニだったら怒られるよ、あれ。

近杉　根森さん、今です。

根森　え？

近杉　今ならさっきの話忘れてるから海老食べれます。

根森　（あーと繰り返し頷き）残念、今思い出した。

近杉　あー。

根森　大丈夫。今日はね、あなたと一緒に仲良くご飯食べようと思って来たんで、怒ってませんん。

近杉　はい。

根森　言ってもね、もう、僕とあなただけなわけでしょ。血が繋がってるのって。

近杉　あ。
根森　（自分と近杉を示し）あれじゃないですか、政宏政伸。龍平翔太。ケインシェイン、ヒカキンセイキン。
近杉　はい。（と、嬉しそう）

根森、置いてあったバッグから何やら書類を取り出して。

根森　それでね、今後の訴訟に向けての手続きなんだけど。
近杉　訴訟。
根森　今まずお父様のカルテや看護日誌を証拠保全するために弁護士さんと相談してて。
近杉　（よくわからないが）はい……。

洗面所が開き、出てくる示野。

根森　で、それでまあ、さっそくいくばくかの費用がかかるんだけど、あなた、（周囲を見回し）ここの権利書とか印鑑って、どこに置いてあるの？　二階？　二階でしょ。

示野、その言葉を聞きながら、近付いてくる。

根森　君、呼んでませんよ。

示野　シュウマイ美味しそう。

示野、近杉の弁当からシュウマイをつまんで食べる。

根森　君、今手洗ってなかったのに、人の弁当。

近杉　大丈夫です。

根森　（示野に）手洗わない方がいいんだって。

示野　じゃあ洗わない。（と、また手でつまむ）

根森　（近杉に）良かったね。

近杉　（よくわからないが）ありがとうございます。

示野、根森が見せていた書類を見ようとする。

根森　（避けて）あれ、君、今日谷間作ってる？
示野　（読もうとしながら）作ってない。
根森　（逃げて）今日女子感前めじゃないですか。いつＪ２のサッカー選手と結婚しても不思議じゃない通販サイト専門のモデルさんかと思いましたね。それ谷間作るのに、どれぐらい時間かかるの？
示野　（書類を奪って、読んで）あー。
根森　（奪い返して）勝手に見ないでもらえます？
示野　じゃ、こっち読む。

示野、ポケットから文庫本『バッドエンドガール』を取り出し、わざとらしく読みはじめる。

根森　（え、と見て）
近杉　（表紙を見て）あ。
示野　このおじさんの本。
根森　（奪おうとして）違うよ。

示野　（避けて）違うことないもん、名前書いてあるもん。

根森　（奪おうとして）貸しなさい。

示野　根森さんって有名な小説家だったんだね。

根森　そうでもないよ。

示野、座って、近杉に向かって。

示野　根森さんの小説って、十代の子たちに特に人気があって。えぐい設定、残酷描写、いやーな気持ちになるラストが特にウケてるんだって。この本もね、十四歳の女の子が最後に自殺するお話。自殺して、救われるの。

根森　……あれ。なんだろ。お腹痛くなってきた。

根森、出て行こうとすると。

示野　前橋に住んでた十四歳の女の子が、この本読んで、主人公と同じやり方で自殺したの。

根森、止まって、……。

示野 主人公はね、森の中で自殺する時に、言うの。深い森の奥で一本の木が倒れても、誰もその音を聴くことがない。だから木は倒れなかったのと同じだ。誰にも知られない死は死じゃない。わたしは死なない。わたしは発見されない死を生きるのだ……こんなね、こんなおじさんの書いたくだらないポエムに共感して、前橋の十四歳の女の子、死んじゃったの。捜索隊に遺体を発見されて。

根森 僕が殺したみたいに。

示野 あんたが書いた小説を読んで死んだんだよ。

根森 小説の中で雨が降りました。読んだその日に雨が降って洗濯物が濡れました。それ僕のせいですか。僕が洗濯物取り込みに行くべき?

示野、スマホを出し、再生ボタンを押す。

記者の声 まだ親御様に謝罪に行っていないと聞きましたが。

根森の声 だって気まずいじゃないですか、不幸なことがあった人と話すのって。

記者の声　あなたの書いた小説が彼女を傷付けたわけですよね。
根森の声　弱かったんじゃないの？　読もうが読むまいが、どの道死んでたんじゃない？
記者の声　では被害者には……。
根森の声　僕も被害者なんですよ。勝手に死んだ人のことなんか知りませんよ。

示野、再生を止める。

根森　（背を向けていて、顔を見せず）……それねー。
示野　この会見で、根森さん、日本中から怒られて。連載打ち切りになって、本も全部本屋さんから全部どかされて。もう小説書かしてもらえなくなったんですよね。
根森　（麦茶を飲み）ひどい話でしょ？

近杉、根森の空になったコップを持って、炊事場に行く。

根森　なんで僕のせいにするのかな。
示野　だってその子の死んだ理由が……。

根森　どうしてわたしと別れるの？
示野　え？
根森　どうしてわたしと別れるのって理由聞いて、その理由に納得する方、この世にいらっしゃいますか？　いないいない。だって、どうして別れるのって言うのは、わたしと別れないでって言いたいだけでしょ。理由が知りたいんじゃないの。ただやりきれない思いの置き場に困って、誰かを責めたいだけなの。それアップした記者ね、僕のキャバクラの写真、あれ勝手に記事にした連中と同じなの。ひどくない？
示野　じゃ、思ってるんだ。弱い人が勝手に死んだって。

根森、ふっと止まる。
背を向けたまま、顔を見せない。

示野　罪の意識、感じないんだ？

その時、炊事場から出てくる、とんがり帽子をかぶり、ケーキの箱を持った近杉。
根森、示野、え、何？　と見る。

近杉　……なんでもないです。

近杉、炊事場に戻る。

根森　（示野に）何が言いたいの？

示野　あんたに言いたいことなんかないよ。（炊事場に）店長さん。

近杉、麦茶を注いだコップを持って出てくる。

示野　このおっさんはね、問題起こして、お金なくなって、今奥さんから離婚迫られてるんだよ。医療ミスとか、訴訟とか言ってるけど、単に店長さんからお金巻き上げることが目的なんだよ……。

根森　彼のお父様が亡くなったのは、れっきとした事実ですよ。

示野　あなたには関係ないじゃん。

根森　兄弟ですから。（近杉に）ね。政宏政伸だもんね。

近杉　（頷き）ケインシェイン。

示野　よくそんなこと言えるね。あんたさ、この三年間彼がどんな……。（と、言いかけてやめる）
根森　何？

示野、向き合っている状態で、手のひらを突き出し、根森を押す。

示野　出てって。
根森　出て行くのはそっちでしょ。（と、押し返す）
示野　家族づらすんな。（と、押す）
根森　殺人看護師。（と、押す）
示野　殺人小説家。（と、押す）

二人、手押し相撲のようになる。

根森　出て行け。
示野　レゴ、踏め。

根森　え？

示野　レゴ踏んで、後ろ下がってもう一個踏め。

根森　……タクシーのメーター、毎回着いた瞬間上がれ。

示野　コンビニのおにぎり、開ける時毎回海苔破れろ。

根森　海とか富士山見える時、毎回通路挟んだ反対っかわの席に座ってろ。

示野　歯に挟まってたコショウ、数時間後に出てきて味わえ。

根森　……タクシー、メーター上がれ。

示野　宝物みたいに大事にしてる漫画、映画化されろ。

根森　(思いつかない)……。

示野　原作にはいないヒロイン登場しろ。

根森、示野に突き飛ばされて、尻餅をつく。

根森　うっ……訴える。君も訴えるぞ。

示野　店長さん、こんな人、早く追い出して……。

二人の争いに右往左往していた近杉、尻餅ついた根森のもとに行って、手を貸して起こして。

近杉 反対側の景色も綺麗だと思いますよ。

根森 ……あ、そう。

近杉 二階行きませんか。

根森 二階? なんで。

近杉 二階。

根森 あ、二階。あ、二階ね。行きましょう、二階。

根森、示野を嘲笑して見ながら、近杉と共に二階に上がっていった。見送った示野、振り返って、さっきからどんな時もハンドスピナーを回し続けていた宝居を見て。

示野 そんなに面白い?

宝居 平成ってなんだったんでしょうね。

示野、座って、弁当を食べるなどしながら。

示野　前、ガストの店員さんに、平成さんって人いたよ。聞いたらおじいちゃんの苗字も平成さんだったって。

宝居　え、じゃその人、昭和の時から平成さんじゃないですか。

示野　未来人でしょ。

宝居　未来人ですね。

駆け下りてくる近杉。

宝居、それを見て、ふいに立ち上がって。

宝居　やりますか。

近杉　はい。

示野　（え？　と）

近杉、炊事場に入っていき、宝居はテーブルの上の弁当を片付け、炊事場に運んでいく。
示野、何何？　と見ていると、とんがり帽子をかぶり、ケーキの箱を持った近杉とシャンパンを持った宝居が戻ってきた。

示野　何してるんですか。
近杉　今日、根森さんの誕生日なんです。
示野　そうなんだ。お祝いしてあげるんだ。まあ、そうか。
近杉　サプライズバースデイパーティーです。
示野　さっき、あの人いる前でケーキ見せちゃってたじゃん。
近杉　あ……。
示野　大丈夫、わかってなかったとは思う。

近杉、箱を開けると、大きなデコレーションケーキ。

示野　すごい。すごいじゃん。落とさないように気を付けなよ。
近杉　（え、と止まって）……。

示野　ゆっくり。

近杉　はい。宝居さん、僕、これにロウソクに火点けて、するんで、上いて、電気消す係。

宝居、とんがり帽子をかぶったまま行こうとする。

示野、待ってと引き留め、その帽子を取る。

宝居、二階に行った。

二人きりになって、示野、近杉を見る。

ちょっと斜めになって近杉の横顔を見てみたり。

近杉、緊張しながらケーキにロウソクを立てる。

示野、集中しているその横顔を見つめる。

近杉　（視線に気付き、照れて）なんですか。

示野　男の人って、集中するといいにおい出るらしいですよ。

近杉　そんなことありますか。

示野、背後から近杉の首筋のにおいを嗅ぐ。

示野　そんなことあります。
近杉　ガソリンのにおいしか。
示野　その向こうから、近杉さんのにおいが訪れてきます。
近杉　え……。
示野　この人いいにおいするなあって思える人が、一番相性のいい人なんですって。
近杉　へー。
示野　（二階を見上げ）こういうのどきどきしますよね。
近杉　（はい？　と）
示野　はじめびっくりしました。お兄さんにここ連れて来られた時。え、もしかしてわたしと近杉さんのこと、ばれてる？　まずい、って。大丈夫です、ばれてないです。
近杉　僕と示野さん。
示野　並べて話されるの違和感ありますか。
近杉　（首を振る）
示野　大丈夫。わたしに任せてください。あの人が疑ってるのは、わたしと病院のことだから。もしもって時はわたしが刑務所行けばいいだけだし。
近杉　示野さんにご迷惑は……。

示野　迷惑かけられたいです。かけたくないって思われるのは心外です……重いですか？
近杉　助けていただいたこと、感謝してます。
示野　あらたまんなくても。
近杉　何もお礼できないから……。
示野　お礼。（と、苦笑して）わたしは、元から、生きてたってフローリングであみだくじしてるだけの人間なんです。あの日もね、前の日ね、ラーメン屋さん並んでて、順番飛ばされて文句言えなくて。ラーメン全然美味しくなくなって。そんなんで生きるの嫌になって。ナースステーションで、あなたそれぐらい言い返せそうじゃんって言われて。へーわたしの何見て言い返せそうって思ってるんだろ。おばさんさ、わたし、一年中閉店セールやってる店のように生きてるだけなんだよ。フローリングで生きるか死ぬかあみだくじしながら。刑務所入ったってそれはできるし……刑務所はリノリウムか。（と、苦笑）

示野、二階を見て。

示野　あの人、あなたがこの三年間どうやって生きてきたかも知らないで。でもお兄さんですもんね。穏便にします。穏便にいなくなってもらいます。

近杉、ロウソクを立て終えた。
示野、ゴムで繋がったライターを引っ張ってくる。
近杉、火を点けようとするが、なかなか点かない。
示野、貸してと受け取り、一発で点けた。
ロウソクに火を灯す。

近杉 どうも。
示野 いいえ。いってらっしゃい。

近杉、頷き、大事そうにそっとケーキを手にし、二階に向かおうとする。
示野、通り道の携帯缶をどかしたりして。

示野 落とさないように。
近杉 （え、と）

示野 気を付けて。落としたら大変です。
近杉 ……はい。大丈夫です。絶対大丈夫です。
示野 絶対なんてないんですよー。
近杉 ……。
示野 ゆっくりね。
近杉 はい。
示野 落とさないように。
近杉 (微笑って)落としませんよ。

近杉、手を離して、ケーキを落とした。
近杉、……、示野、……。

示野 ……え。え。え、なんで。

立ち尽くしている近杉。
示野、近杉の肩に手をやって。

示野　これどこで買ったんですか？（時計を見て）まだやってるかな。待ってて。新しいの買ってきます。

近杉　（首を振る）

示野　すぐ行ってきますから。

示野、バッグを持って出ようとする。

近杉　買ってきても、また一緒です。

示野　片付けててください。

近杉　違うんです。僕、違うんです。

示野　開いてるといいな……。

外に出ていった示野。

潰れたケーキを見下ろし、立ち尽くしている近杉。

歩き出し、炊事場に行く。

パイプ椅子を持って戻ってきた。

椅子を広げながら、ケーキの残骸の前に置き、座る。
あ、違うと気付き、椅子を畳んでまた戻る。
今度はモップとバケツを持ってきた。
掃除をはじめようとすると、階段を下りてくる根森。

根森 あのバイトさん何？ 急に部屋の電気消したり点けたりしはじめて怖いんだけど。なんで消すのさって聞いたら、魚って目開けたまま寝るんですよ、って言って、ふふふふって口閉じたまま笑うんだよ。ふふふふって。怖いよ。（と、掃除している近杉に気付き）うん？

近杉 うん？

根森 あら。落としちゃったの？

近杉 はい。

根森 もったいない……あ。あれ。あれあれ。これ僕のケーキ？

近杉 違います。

根森 僕のでしょ、僕の誕生日ケーキなんでしょ。

近杉 違います、サプライズのです。

根森 僕のじゃない。僕のサプライズのじゃない。

根森、しゃがんで、床のケーキの残骸を見て。

根森 ……このへん綺麗だよ。（と、指ですくって舐める）

近杉 （え、と根森を見る）

根森 雪と一緒、地面に着いてない部分は食べれるの。

近杉 （納得して頷き、見回し）

根森 （指さし）ここ、こことかほら、結構多めにいける。

近杉 （指ですくって舐めて美味しくて）あー。

根森 （指ですくって舐めながら）紅茶飲みたくなるね。

近杉 紅茶。（と、困惑）

根森 いいいいい、気にしないで。（舐めて）ケーキなんか久しぶりだよ。ありがとうね。

近杉 （嬉しく）……。

根森 もう三年は子供の誕生日も祝ってないし。あ、僕のせいじゃありませんよ。先方にね、距離があって。

近杉　……。（ここどうぞとケーキを譲る）
根森　そういう同情いいから。ま、金の切れ目が縁の切れ目ってのは、親子にも通じることなんでしょうね。
近杉　小説。
根森　うん？
近杉　小説、書かせてもらえないからですか。
根森　（苦笑し）うるさいよ。
近杉　どうやったらまた書かせてもらえるんですか。
根森　何、ぼーっとしてたくせに聞いてたの？
近杉　また書かせてくださいってお願いしたら。
根森　誰に？
近杉　（首を傾げる）
根森　書かせてもらえなくなったんじゃないよ。書けなくなったんだよ。
近杉　（え、となって、根森を見つめ）……。
根森　あー美味しかった。お腹いっぱい。君ももうやめな。またお腹痛くなるよ。

根森　汚いタオル巻いてるね。余計汚れそう。よいしょ。

根森、ベタベタしてる手を持て余し、近杉が首にかけているタオルで拭く。

根森、立ち上がろうとして、止まった。

根森　お。
近杉　うん？（と、手を差し伸べる）
根森　待って待って待って、待って、触らないで。
近杉　はい？（と、また手を伸ばす）
根森　触らないでって。触らないでって言ってるよね。
近杉　あ、（と、また触れかけて）あ、はい。（と、離れる）
根森　あー。（と、呻く）
近杉　痛いんですか。（と、また手を伸ばす）
根森　触らないで。痛くはありません。ただいつでも痛くなる可能性を秘めた状態です。
近杉　（手を伸ばしそうになりながら）運びましょうか。

根森　運びましょうか？（と、苦笑し）素人は。今、僕の中で今均衡を保ってる軸があるの、それが動いたら、崩壊するの。

近杉　あ。ジェンガみたいなことですか？

根森　……。

近杉　すいません。

根森　そうですよ。ジェンガみたいなことですよ。わたしは今ジェンガ。

近杉　わたしは今ジェンガ、ａｉｋｏの歌の歌詞にありそうですね。（と、手を伸ばす）

根森　触んないで。本当に触んないで。触んないで。君、どうしたら触んないでって意味わかってくれるの？

近杉　（手を伸ばしかけてやめて）はい。

根森、ゆっくり立ち上がって、歩き出して。

根森　絶対に触んないでよ。（自分に）よし。よし。よし。よしもう大丈夫かも。

近杉　良かった。（と、触ろうとする）

根森　触んないで。触っていいわけではない。

根森、ソファーに腰掛ける。

根森 掃除しなさいよ、掃除。
近杉 はい。

近杉、ケーキの残骸をまとめて集めてバケツに入れ、床に残った分をモップで拭きはじめる。

根森 なんで触んないでって言ってんのに触るのかな。

根森、体を横たえ、頭上のカウンターにある骨壺を見上げて。

根森 （ふと思い出して）笑ってたって本当？
近杉 （掃除をしながら）はい？
根森 葬式の時、笑ってたって。
近杉 笑ってません。

根森　笑うのこらえてたんでしょ？　なんで、何か面白かった？　嬉しかった？

近杉　（首を振る）

根森　（苦笑し）いや、でもわかんなくはないよ。僕は僕で、この人に興味もなかったし、ま、そこはお互いさまっていうか。だからね、嬉しくはもちろんないけど、葛藤みたいなのは、かけらもありませんね。

黙っている近杉。

根森　（あくびをし）……あ、でも君みたいに、葬式で笑う奴に会ったことあるな。そいつは……。

根森、またあくびをし、目を閉じる。
近杉、モップがけを続ける。
バケツにかけてあったタオルで床を綺麗に拭く。
拭き終えると、モップとバケツを持って炊事場に運んでいった。
目を閉じて横たわったままの根森。

炊事場から戻ってきた近杉。
しかし、その半分見えた状態のところに立ったまま、動こうとしない。
根森、うん？　と顔を上げ、見回し、近杉がいないことを怪訝に思うものの、また目を閉じる。
カウンターからゆっくり出てくる近杉。
根森の傍らに行き、しゃがんで、眠っているような根森に顔を寄せて。

近杉　……お兄ちゃん。起きて。起きて。起きて。起きて。お兄ちゃん。起きて。助けて。

返事せず、眠っているような根森。

近杉　どうしよう。普通に出来ない。

近杉、根森の肩をゆすって。

近杉　お父さん、殺しちゃった。お父さん、殺しちゃったよ。どうしよう。助けて。お兄ちゃん。助けて。

近杉、ソファーを持ち上げてひっくり返し、落ちる根森。

根森 お……お、お、おわ。なんだ。うん？　あ、寝てた。寝てたわ。寝てました。あー。

近杉、根森を見つめている。

根森 （目を合わさず）あー夢見てた。なんかすごい夢見てた。

根森、ソファーを起こして戻す。

根森 シーサーにさ、シーサー二匹に乳首舐められる夢。何よりびっくりしたのは自分自身が気持ち良かったこと。あ、もうこんな時間だ。帰ろ。あーもう帰ろう。帰ろ帰ろ。

根森、バッグを手にし、出て行こうとすると。

近杉　お兄ちゃん、呼んで。黄色い救急車呼んで。
根森　じゃあね。
近杉　黄色い救急車呼んで。
根森　お邪魔しましたー。

逃げるように出て行ってしまった根森。
残された近杉。
二階より、ハンドスピナーを回しながら下りてくる宝居、動かない近杉を見て。

宝居　店長、サプライズどうしたんですか？　根森さん、どうしたんですか？　示野さん、どうしたんですか？

近杉、宝居が回しているハンドスピナーを見ている。

宝居　（え、何？　と異変を感じ）もう上がっていいですか。

近杉、近付いてくる。

宝居　え、なんですか。え、怖い怖い怖い。怖いって。店長、怖いです怖いです。

近杉、手を伸ばし、ハンドスピナーを奪おうとする。

避ける宝居。

宝居　なんですか。

近杉　腕取るぞ。カニみたいに腕取るぞ。

手を伸ばす近杉、払いのける宝居。

近杉の首に巻いたタオルが床に落ちる。

恐怖し、走って逃げる宝居。

追いかける近杉。

宝居、二階に逃げ、近杉も追って、消えた。
間。
宝居の呻き声が聞こえ、続いて階段を転がり落ちてくるハンドスピナー。
変に曲がった片腕を押さえ、駆け下りてくる宝居。
呻きながら床にうずくまった。
暗転していく中、階段を下りてくる近杉の影。

3

またある日の夜で、外は小雨が降っているようだ。
今、ユニフォーム姿の示野が洗面所のドアを閉めた。
扇風機がまた貼り紙をめくっている。
示野、扇風機を切り、貼り紙を留め、外に出る。
すれ違いにスマホで話しながら入ってくる、少し雨に濡れた根森。
今日はパープル系のポロシャツを着ている。

根森　（子供に話す口調で）何。何食べてんの？　トースト？　なんで夜トースト食べてんの？　トーストって。うん？　勝手だよ。勝手だけどもさ。もしもし。もしもーし。もしもーし……。（諦めて、切る）

椅子に近杉のあの汚いタオルがかけてあって、汚いな、ま、いいかと思いつつ濡れた服を拭きはじめる。
示野が長いホースを引っ張りながら戻ってきた。
さらに続いて入ってくる、骨折してギプスをした腕を肩から吊している宝居。

示野　店長さんいないのに、勝手にお給料払えませんし。
宝居　この店はね、バイトがレジから自由にお給料もらっていいシステムですし。

無視し、ホースを巻きはじめる示野。

宝居　わたし、腕折られましたし。
示野　嘘つき。
宝居　わたし、嘘なんかつきませんし。
示野　宝居さん、わたしのラーメンブログにコメントしたよね。
宝居　しましたよ。
示野　なんで人のブログに、彼氏の性癖の話とか書くの？　いきなり、わたしの彼ぴっぴは、ではじまる長文の。

宝居　面白いかなって思って。

示野　実在しない彼氏の話はじめたら人間終わりだよ。

宝居　実在しますし。

示野　やっぱり嘘つき。

宝居　じゃあなんでわたし、腕折れてるんでしょうし。

示野、不器用なようで、巻くのに手間取っている。

宝居　あー違う違う。こう巻くんですよー。

示野　こう。

宝居　違うー、こうー。

示野　こう。

宝居　違うー。

宝居、示野をどかし、ホースを足で踏み、片手で器用に巻きはじめる。

外で、カタンカタンと音がした。

宝居 お客さん。

示野 車の音してないよ?

宝居 プリウスでしょ。

示野 (伝票とタオルを手にしつつ) よくわかるね。

宝居 下水の蓋の音。鳴るんです、二回。

示野、あーと理解して、出ていって。

示野 オーラーイ、オーラーイ、オーラーイ。

根森、そのかけ声を変な発音だなと思って見て、宝居がホースを巻くのを見て。

根森 バイトさんって、カッティングシート貼るの上手?

宝居 わたしに話しかけてるんですか?

根森　器用だなーと思ってさ。
宝居　今日は京都サンガのユニフォームですか。
根森　ミラノで買ったの。僕、人生で京都サンガのこと考えたこと一秒としてありません。

宝居、綺麗にホースを巻き終え、手際良く留めて、さっとフックにかける。

根森　その腕のさ、警察には届けないの？
宝居　店長次第じゃないですか。
根森　お金？
宝居　根森さんと同じです。
根森　ここの権利書、どこにあるか知ってる？
宝居　知ってたらわたしが持って帰ります。
根森　いなくなって、三週間？　どこ行ったんだろうね。
宝居　第二第三の犯行じゃないですか。
根森　何、第二第三って。
宝居　昨夜三鷹で女性が灯油かけられる事件起きたらしいです。

根森　えー。
宝居　あと六本木ヒルズの蜘蛛のオブジェの脚、一本折られてたらしいです。
根森　それは違うんじゃない？　ものすごい事件だけど。
宝居　あと昨日わたし、コンビニでお弁当、袋に縦に入れられました。
根森　ま、それは君にとってすごい事件だけどさ……。
宝居　何が起きたって不思議じゃないんですよ。店長は今や覚醒したんですから。
根森　覚醒。
宝居　結構いますからね。実はわたし金星なんですって言って、正体明かしてくる人とか。
根森　はー。
宝居　あなた火星でしょ？　って聞かれて。違いますって言ったら靴隠されました。
根森　妄想の規模は大きいけど、嫌がらせの規模は小さい人だね。（近杉のことを思って）バイトさんはさ、前から彼の、ああいう面の、ことのには気付いてたの？
宝居　根森さん、動物園行って、キリン見て、首長って思いますか。シマウマ見て、わ、縞々って思いますか。
根森　思いますけど。
宝居　キリンもね、根森さん見て、首短かって思ってますよ。シマウマも根森さん見て、わ、無地って思ってますよ。

根森 はい？

宝居 無地が当たり前だって思うなってことです。

などと言いながらレジに入り、金を集めはじめる。

根森 ……バイトさん？　それいいの？

外から戻ってきた示野、抱えていた洗濯済みタオルの籠を置き、カウンターに入る。

カラーボールを掴んで、宝居を威嚇する。

宝居、ギプスした肘を示野の胸元に食らわせる。

仁王立ちしてる示野。

宝居 （堪えるが）……クソ、痛あ。（と、腕を押さえて）

示野 わたし、ここの留守番なんで。

宝居　あなた、店長に言い寄ってるだけじゃないですか。
根森　（え、と）
示野　何？
示野・宝居　なんにも知らないくせに。

宝居、またギプスした肘を示野の胸元に食らわせる。

宝居　（堪えるが）……クソ、痛あ。（と、腕を押さえて）

宝居、携帯缶を蹴り、外に出て行った。

根森　なぜ学習しない。（と見送って、振り返ると）
示野　（根森を睨んでいて）あなたも何しに来たんですか。
根森　君、近杉さんがどこにいるか知ってるの？

示野、カウンターにタオルを置き、畳みはじめる。

根森　第二第三の、のをね、犯すかもしれないんですよ。ねえ、君、近杉さんとはどういうのの？　前から知ってた？　病院で？　出来てた？　出来てたんですかー、関係済みですかー。

示野　なんであなたなんだろうね。なんであなたが彼のお兄さんなんだろうね。

根森、ふと思うことはあるものの、さあねという顔を見せて、示野のタオルの山をひと山取り、テーブルの上で畳みはじめる。

根森　あいつがね……。

畳みかけて、ん？　と思って、立ち上がり。

根森　（示野の畳み方を見て）先に縦に折るのね。

根森、また戻って畳みはじめて。

根森　あいつがね、父を骨にしたんですよ。その、そこの壺に入れたの。喪主って意味じゃないよ、殺したってこと。

示野、反応せず、黙々と畳んでいる。

根森　（振り返り）やっぱりあれ？　君、共犯者？

示野、否定せず、黙々と畳んでいる。

根森　え、目撃したの？

示野　（畳みながら）アラーム鳴ったんで。

根森　あー、アラーム聞いて病室に行ったんだ。そしたら彼はそこにいた。いて、もう殺してた？

示野　いたよ。着いた時はもう呼吸止まってた。

根森　チューブは、呼吸器の。

示野　結んであった。

根森　なんですぐドクター呼ばなかったの。
示野　自分は関係ないみたいに。
根森　僕は……。

示野、椅子にかけてある近杉のタオルを示し。

示野　そのタオル。
根森　うん？
示野　それ。
根森　あー。あいつの。
示野　たくさんシミあるでしょ。
根森　よくこんな汚いの首に巻くね。
示野　それ、お父さんのうんちのシミ。お父さん倒れてから二年半、彼がずっとうんち拭いてたタオル。

根森、顔をしかめる。

示野

テレビで介護見ても、排便は映んないからわかんないだろうけど。介護って基本、あ、うんち、ここにあったんだ、ってことだから。部屋でも風呂でも食卓でも普通にある。毎日うんち拭いて暮らして、暮らして拭いて。爪の間、指の付け根、鏡見たら自分の顎、外出かけて袖口見て、あーうんちここにあったんだって。(と、微笑って、すぐに笑顔消えて)本人もつらいから当たってくるし。つねられるの。ぎゅーってつねられるとさ、憎しみの塊みたいなのが伝わってきて。あーこの人はもう別人なんだなってわかる。仕事しながらひとりでする介護って、普通二、三ヵ月で限界来るの。五十年一緒にいた奥さんを、三ヵ月で地獄見て、死んでくれって思うようになる。それを彼は二年半だよ。それ責めるとかって。ちょっとすごいわ。すごいすごいえらいえらい。彼、あなたに葉書出したって言ってたね。葉書のスペースで書けることじゃなかったと思うけど。きっと、助けてって書いてあったんだと思うよ。あなたが読まなかった葉書って。(思い返すように)前の日はね。お父さん、犬と猫の靴下、どっちがいい?って。また来るよって手握ってた。そういうね、そういうのの次の日だったわけだからさ。わたし思うけど、介護殺人の犯人なんて、全国の看護師がみんなで気利かして隠蔽しちゃえばいいと思うんだよ。

示野、畳んだタオルを籠に入れる。

示野　あ、でも別にわかってもらおうとは思ってない。ここに来るのはもうやめてもらえればそれで。

示野、根森が畳んだタオルも籠に入れようと思って、気付く。
根森は手元でタオルを折って、ウサギを作っていた。

示野　（取り上げ）なんでウサギちゃん作ってるの。
根森　息子がさ、最近、夜トースト食ってるんだよ。大丈夫かな。夜トースト食うって何が起こってるの？
示野　（息をつき）こんなごみに怒ってもしょうがないか。
根森　そうですよ、蹴ったごみ箱は自分で掃除することになる。あ、これ僕が考えたことわざ。
示野　出て行ってください。彼が帰ってくる前に……。
根森　あいつ帰ってきたら君どうするの？

示野　どうって……。（と、内心少し照れている）
根森　君も殺されるよ。
示野　……は？
根森　介護に疲れて父親を殺したって言うの？　それ君が作った、こうだったらいいなっていうお話じゃないの？
示野　（一瞬驚きながら）他に理由なんてないし、彼がわたしを殺すとか、そんな理由もっとないし。
根森　理由ですか。また理由ですか。
示野　あなたは何も知らないから……。
根森　あ、ごめん、立ってる人と座ってる人とで会話するの苦手なんだけど。

示野、むっとするが、根森の向かいに座る。

根森　君さ、ピンポンダッシュしたことある？
示野　え？
根森　あと、バスのボタンあるでしょ。あれ次降りるわけじゃないのに押したことない？

示野　あるけど。

根森　エレベーターのボタン全部押したことは？　降りるのは五階なのに全部。

示野　ある。

根森　押したくなっちゃうんだよね、ボタンって。ま、それは誰しもあると思うんだけど。ちょっと派手めになると、学校の非常ベルとか押す人もいる。

示野　なんの話？

根森　なんの話だろ。僕も今考えながら話してる。

根森、またタオルでウサギを作っていきながら。

根森　たとえば、たとえば何がいいかなー。前に僕に付いたことある編集者がいてね。久野くんていうんだけどさ。久野くんはね、なんだっけ、オレンジレンジ。オレンジレンジ。子供の頃、オレンジレンジの、ロコローションって曲を好きになって。お小遣い貯めてさ、生まれてはじめてCDを買ったの。嬉しくてさ、CD屋から家まで走って帰って。プレイヤーの前でケースから出して、さあ聞くぞって時に、CD見て思ったんだって。薄いな。こんなの手で簡単に割れちゃいそうだな。って。大変大変、割れちゃったらもうロコローション聴けなくなっちゃう。駄目駄目、絶対駄目って思いながら久野くん、CD割ったの。もうただのプラスチックになったその板見て、久野くん、いっぱい泣いたんだって。もうロコローション聴けないんだって。かわいそうにね。しちゃいけないって思うと、しちゃうって人が世の中にはいるんだね。

根森、出来たウサギを示野の前に置く。

示野　（悪い予感があって）……。

根森　あと、たとえば。たとえば何かなー。あ、ふえるワカメ食べちゃうとか。食べちゃいけないでしょ？　ちゃんとわかってるんだよ。食べたら駄目。駄目絶対。そう思うのに、食べてる自分を頭に思い浮かべちゃう。一度頭に浮かんだら、もうその想像を止められなくなる。駄目駄目駄目駄目って思えば思うほど、想像が膨らんでいく。膨らんで膨らみ切って苦しくなって、パンパンになった想像を止める方法はひとつしかないの。しちゃう。やっちゃう。やってしまう。ふえるワカメ食べちゃう。別にね、その人、したくてしてるんじゃないんだね。なんでしちゃったんだろうって、ショックを受けてるんだよね。わかってて、わかってて大事なケーキを落としちゃう。お葬式で笑っちゃう。父親の呼吸器のチューブを見るたび、あーこれ結べるなあ。結べちゃうなあ。結んだら大変だな。お父さん死んじゃうな。結んだら駄目。結べるなあ。駄目駄目、あー結べるなあ。そんなこと毎日思いながら病室に通う。家帰っても考えちゃう。今日は我慢できた。明日も我慢できるはず。でもね、残念だけど、そういうのって積もるばっかりだから。ある日彼はパンパンに膨らんだ自分の想像力に押し潰されて……。（動揺する示野を見て、ふっと微笑って）はい。

根森、示野の前にウサギを置く。

根森 人が人を殺す理由とか、動機とか、因果とか、そんなものを考えるのは、サボテンには人間の言葉が通じますっていう宗教とおんなじですよ。か、生きるのに疲れた馬鹿な看護師の消費行動。

示野 ……。（動揺を隠し）話長いし、意味わかんない。トイレ行ってこよ。

示野、洗面所に向かう。

根森 ま、でも君の方は執行猶予で済むんじゃない？　（スマホを手にし）警察でまた人生語ればいいよ……。

引き返してきた示野、根森のスマホを手で払う。
床に落ちるスマホ。

根森 ちょっとー、iPhoneの液晶修理代なめんな。ひび入っただけで一万七千八百円。
示野 適当なこと言って。
根森 本当に適当だと思ってる？　実感ない？
示野 もしそうだとしても、弟でしょ。
根森 弟ですよ。腹違いの弟ですけど、弟である前にサイコパスだったんだもん。あのバイトさんと上手くいってる時点でおかしいなあって。（と、微笑って）
示野 助けてあげてよ。
根森 僕は医者じゃないんですよ。どうやって助けるんですか。またもしものことがあるかもしれないのに。

示野　手繋げばいいじゃないですか。

根森　手繋ぐ。ちょっと目離した隙に、（ナイフで突くふりをし）人殺してたらどうすんの。ゆうくん駄目よーじゃ済まないんですよ。

示野　その時は、服交換すればいいんじゃないですか。

根森　どういうこと？

示野　身代わりになって。

根森　僕が人殺しになるの？　僕の人生どうなるの？

示野　高いアイス買って食べればいいんじゃないですか。

根森　どういうこと？

示野　アイス食べたら元気出るじゃないですか。

根森　社内の人間関係忘れたいわけじゃないんだよ。下手したら死刑になるかもしれないんですよ。

示野　手記書けばいいんじゃないですか。

根森　手記書いて得するのは幻冬舎だけですよ。

示野　家族でしょ。

根森　歴史上、家族の温情によって野に放たれた殺人鬼がどれだけいたと思ってるの。
示野　弟から逃げるの？
根森　だって殺されちゃうんだもん。

その時、洗面所のドアが開き、ひょっこりと顔を出す近杉。

示野　そうかどうかわかんないじゃん。そういうそれだって、こうかもなって想像でしょ？　てゆうか、そういうのある人みんなが、人殺すってわけじゃないし……。

示野、近杉が顔を出しているのに気付く。

根森　（気付いておらず）もちろん。でもそういう人もいる。

示野、出てきちゃ駄目と首を振る。
近杉、はいと頷きながら、洗面所から出てくる。

根森　いわゆる欠陥品ですよ。
示野　（近杉を思って）何言ってるんですか……。
根森　工場で生まれてたら欠陥品。人間だからたまたま生かされるだけで、ブックオフ持って行ったら買い取り拒否されて、持って帰る羽目に……。

示野、根森の頭をクロックスで叩く。

根森　……これか。この屈辱感か。感情移入出来た。
示野　（近杉に）気にすることありませんよ。

根森、え？　と振り返ると、近杉が立っている。

根森　……違います。違う違う、違いますよ、近杉さん。

根森、近杉のシャツに赤いシミがあるのに気付く。

根森 え……。（シミを示し）何それ、どうしたの。
近杉 鼻血です、僕の。
根森 鼻血。
近杉 車のハンドルで、ちょっとぶつけて。
根森 （信じておらず）あ、そう。あーそう、ふーん、そっか、へー、それは、それはそれは大変でしたね……。

示野、ハンマーを取って戻ってきて、根森を睨む。

根森 何……。
示野 警察に通報したら殺します。痛くして殺します。時間かけて痛くして殺します。
根森 通報なんかしませんよ、するわけないでしょ。
示野 兄弟に向かって、よくそんなひどいこと言える。
根森 ……。

根森、近杉をちょっと見て、示野に。

根森 兄弟だけど、家族じゃないんで。兄弟だけど、他人なんで。

示野、ハンマーを振り上げ、またさらに威嚇。

根森 やめて。

示野、根森を出入り口に追い詰める。

根森 やめて、やめて、やめてやめてやめてやめて。

示野、根森を外に追い出し、ドアに鍵をかけた。
向こうから根森が開けようとしてるらしく、がちゃがちゃと幾度か鳴る。
示野、ハンマーを冷蔵庫の上に置く。
近杉、ハンマーを置く様子を見ている。

示野 （近杉に微笑みかけ）大丈夫です。真に受けることありません。あの人はここの権

近杉 利書が欲しいだけなんです。あなたは悪くありません。

示野 (ハンマーの方を見ながら)はい……。

近杉 忘れましょ。

示野 (首を傾げる)

示野、近杉の前でパチンと手を叩いて。

示野 わたしは、あなたがわたしと知り合ったのは、喫茶店です。よく行く喫茶店の、わたしはウエイトレスで。普通に、ご飯いきましょうか、なんて計画的に計画に見えない誘い方して。デートじゃないふりしてデートして、っていう流れの今、っていうのでいいと思います。病院とか知りません。何もなかったんです。

近杉 ……。(首を振る)

示野 なかったんです。

近杉 僕、お父さん殺しました。

示野 自分の親じゃないですか。誰に迷惑かけたわけでもないのに。

近杉 はい。あ、でも、お兄ちゃん、言ってたの本当です。

示野　（どきっとしながら）……大丈夫。

近杉　またしちゃうかなって思います。

示野　大丈夫です。

近杉　違う人にもしちゃうだろうなって思います。

示野　大丈夫です。

近杉　なんでとかなくて、生まれついてなんだと思います。

示野　……止められます。

近杉　（さっきからずっとハンマーをじっと見ている）

示野　そうなった時はわたしが……。（近杉の視線に気付き、振り返ると）

冷蔵庫の上に置いてあるハンマー。

示野、はっとする。

近杉、歩み寄り、ハンマーに手を伸ばす。

示野、先に取って、冷蔵庫の中に入れ、閉める。

示野　今までだって平気だったじゃないですか。

近杉、冷蔵庫を開けようとする。
示野、その手を払いのける。

近杉 違います。
示野 わかってます。

近杉、手を伸ばし、示野、払いのけ、と繰り返す。

近杉 違うんです。
示野 わかってます。
近杉 ごめんなさい、違うんです。
示野 わかってます、わかってます。

近杉、無理矢理冷蔵庫を開けた。
示野、先にハンマーを掴み、後ろ手に持つ。
近杉、ハンマーに手を伸ばす。

示野、それをまた払いのける。

近杉、手を伸ばし、示野、払いのけ、と繰り返しながら階段の方に下がっていく。

近杉 危ない。危ないです。

示野 うん、危ない。

近杉 危ないです。やめましょう。

示野 うん、やめましょう。

近杉 やめましょう。

示野 うん、やめましょう。

近杉 危ない。危ない。

示野 うん。

近杉 危ない。

示野 うん。

近杉 危なーい。

近杉、示野を掴み、ハンマーを奪おうとする。

示野、抗って身を入れ替えて、近杉を突き飛ばす。
階段に倒れる近杉。
示野、はっとして、ハンマーを後方に投げ捨て、倒れた近杉の体にすがりつく。
階段の途中で横たわり、重なった近杉と示野。
窓の外に現れる根森、二人を覗き見る。
近杉と示野の荒い息。
示野、近杉の体に重なっていて。

示野 ……あれ。近杉さん。（と、微笑って）

近杉の体の変化に気付いた。
示野、近杉の体全体をさすりながら、顔を寄せ、階段の陰でキスをする。
窓の外、動揺し、必死に覗き込んでいる根森。
示野、離れて、近杉を起こして。

示野 二階、行きましょ。

示野、顔が見えず、されるがままの近杉の体を支え、二階へと促す。
窓を叩く根森。
示野、気付いて振り返るが、そのまま近杉を連れて階段を上っていった。
暗転し、窓を叩く根森の姿もまた消える。

4

そして夜が深まって、椅子に座ってテーブルの角を触っている根森。
立っている示野、グラスの水を飲んでいる。
示野は既にユニフォームを着ておらず、シャツで、襟が胸元まで開いている。
飲み干し、ふとグラスを見て、何かに気付いて、袖口できゅっきゅっと拭いて。

示野　（照明に透かし、凝視し）……傷か。
根森　（テーブルを触りながら）これ、ニトリかな。
示野　ディノスでしょ。
根森　ディノスか。

示野、バッグを手にして。

示野　帰ります。
根森　良かったよ、失敗して。ま、ありがちだけど。
示野　はじめてだったから。
根森　二回目はもうありませんよ。まさか性欲をもってして対抗するとはな。おそろしいことしようとしましたね。
示野　関係ない人に言われたくない。
根森　あいつは人ひとり殺してるんですよ。
示野　自分の父親じゃん。
根森　いちおう僕も、被害者家族なんですけど。
示野　それ言ったら加害者家族でもあるでしょ。
根森　じゃあ、僕が一番かわいそうじゃないの。（と言って、改めて気付き）そうだよ、俺が一番かわいそう。
示野　わたし、諦めないから。
根森　何を。
示野　彼をちゃんと、ちゃんとした普通の人にする。
根森　（苦笑し）世の中にはね、どうにも出来ないことってあるの。知らなかった？

示野　諦めない。がんばる。

根森　あなた今すぐ、日本中にたくさんいる「努力は必ず報われる」を信じてしまった被害者の会の人たちに話聞いてきたら？

示野　彼を救いたいの。

根森　キリンの首を縮められますか？　シマウマの縞を無地に出来ますか？　救うことなんて出来ないの。はじめからそういう人だから、直すも何も救うも何もないの。

示野　違うよ、だって、彼は二年半介護してたんだよ？　優しくて思いやりのある人なんだよ？

根森　知ってるよ。

示野　誰も持ってないようないいところいっぱいあるの。

根森　知ってるよ。

示野　いいこともたくさんするんだよ。

根森　そこは共存するの。そうだね、ただの悪い人だったら、そういう気持ちにならずに済んだのにね。

示野　……。

根森　今はね、君もあいつと一緒に吊り橋渡ったことがあるから、その気になっちゃってるの。でも君もいつかあいつを見放す日が来るの。

示野　そんなことない。来ません。

根森　来るって。

示野　わたし、彼と家族、家族になりたいって思ってる。いつか子供だって作って、彼を父親にしてあげて、そしたら彼も普通に……。

根森　膨らんだ君のお腹を見て、あいつは何を思うだろうね。

示野　（え、と）

根森　それが大事なものであるほど、か弱いものであるほど、思うんだよ。駄目だ駄目だ、しちゃいけない。あのお腹を叩いちゃ駄目。あのお腹を蹴っちゃ駄目。

示野　（恐怖を感じ）……。

根森　苦しむだろうね。だから我慢するんだろうね。我慢するんだよ。君はそれ平気？自分のお腹蹴るのを我慢してる人と一緒にいられる？

示野　（言い返せず）……。

根森　そんな人間のために出来ることはさ、一生刑務所の檻に閉じ込めて死ぬまで外に出さないことか。それか……それか……。（言えず、息を吐く）

示野、耐えきれず、出て行こうとする。

根森 ほら、逃げた。

示野 (苦しそうに根森を睨んで)

置いてあった携帯缶にぶつかって転びそうになりながら、出て行った示野。
根森、見送って、二階をちょっと見て、息をつく。
立ち上がり、レジ横のファイル立てや引き出しなどの中を乱暴に探しはじめる。
権利書を探している。
骨壺が邪魔になって、雑にどかす。
取り出したファイルの中を探し、床に放り出す。
階段を下りてきた近杉、落ちたファイルを拾う。

根森 (近杉に気付いて)……権利書どこ。ここの土地権利書出せって言ってるんだよ。おまえは刑務所入るんだよ。ここもういらないんだよ。どこだよ。

近杉 二階。

根森　二階のどこ。
近杉　海苔の缶の中。
根森　海苔の缶、持ってこい。海苔の缶じゃなくて、海苔の缶の中を持ってこい。
近杉　うん。

近杉、根森に歩み寄る。

根森　持ってこいって。こっち来んな。来んなって。来んな。なんで来んの。

近杉、根森の前に来て、ポケットに手を入れる。
焦って下がる根森。
近杉、ポケットから取り出し、根森に差し出したのは、一本のシャープペンシル。

根森　な、何……。
近杉　シャーペンです。
根森　何、シャーペンって。

近杉　前橋の女の子のご両親から預かってきました。

根森　……。

近杉、聞いてきた言葉をそのまま伝える。

近杉　根森先生に差し上げてください。娘がいつも先生宛てのファンレターを書いていた時のシャープペンシルです。

近杉、差し出す。

根森、受け取らない。

根森　（内心動揺し）なんだよそれ……。

近杉　いつも決まってこれで書いていました。先生に書く時用のシャープペンシルです。（と、差し出す）

根森　（避けて）なんでそんなもの持ってるんだよ。いらないよ、そんなもの。

近杉　あ、すいません。（と、差し出す）

根森　（避けて）なんだよ、ファンレターって。そんなもの俺、もうずっと読んでないよ。全部捨てといてくれって編集者に言ってあるんだよ。いらないよ。
近杉　あ、はい。（と、しまいかけて、また差し出す）
根森　いらないって言ってるでしょ。いらないの。
近杉　はい。（と、首を傾げ、また差し出す）
根森　いらないって言ってんのわかんないの？
近杉　わかります、はい。（と、差し出す）
根森　しまって。

近杉、迷いながらテーブルに置こうとする。

根森　そこに置くなよ。
近杉　はい。（と、置く）
根森　置くなって言ってんのになんで置くの。
近杉　はい、すいません。
根森　置くなって。なんでわかんないかな。

根森、シャーペンを掴むと、窓際に行き、開け、小雨が降る外に投げ捨てて、また勢いよく閉めた。

近杉　（ぽかんと見ていて）……。

根森　余計なことするな。権利書。贈与契約書持ってきたから、あと印鑑と。

近杉　はい。

近杉、二階に上がっていった。

根森、苛立たしげに息をつき、椅子に座る。

ふと窓の外を見る。

すぐに目を逸らすが、落ち着かない。

立ち上がり、ちょっと外に向かいそうになるが、引き返し、うろうろする。

また座るが、やはり落ち着かない。

根森、また立ち上がり、ゆっくりと窓際に行く。

外を見て、あ、と思って、慌てて出入り口から出る。

窓の外に見える根森の姿。

しゃがんで拾って、立ち上がって、手にしたものを見る。
シャーペンは濡れているらしく、服でよく拭く。
じっと見つめる。
色んな角度から見たり、ノックしてみたり、くるくる回してみたりする。
見つめているうちに、ふいに手のひらで顔を覆う。
階段を下りてくる海苔の缶を持った近杉。
見ると、根森がいない。
近杉、テーブルの下を見たり、炊事場を覗いたり、洗面所をノックしたりする。
窓の外に立っている根森の後ろ姿に気付く。
顔を手のひらで覆って、肩を震わせている。
近杉、外に出て行く。
窓の外に近杉の姿が現れ、根森に声をかけている。
根森、それを振り払って、近杉を突き飛ばす。
乱暴にドアを開け、顔を拭いながら戻ってきた根森。
スマホを取り出し、かけはじめる。
近杉も戻ってきた。

根森　もしもし。もしもし……。（相手が出て）あ、もしもし？　髙村くん？　あ、僕。
うん？　あ、僕です、あ、根森です。え。いや、根森。作家の根森。もしもし？
あれ。

切れてしまったようで、もう一度かける。

根森　あ、もしもし。なんか今切れちゃったみたいで。うん。うん。えっとね。ちょっと
お聞きしたいことがあるんだけど。すぐ終わる。うん。えっと、僕宛てのファンレ
ターって、君に預かってもらってるよね。それをね。もしもし？　もしもし？

また切れてしまったようで、もう一度かけようとするが、ふと思い立って、別の
番号にかける。

根森　……もしもし、俺。あ、切らないで切らないで切らないで切らないで。切らないで。
非通知、非通知にした、ごめん、切らないで。用件だけ言う用件だけ言う。元気？
あ、嘘嘘嘘、切らないで切らないで切らないで。僕の、僕のね、部屋に、部屋まだ

ある？　出版社から届いた荷物とかがあると思うんだけど。そこにね、ファンレターが入ってるやつがあると思うんだ。いやわかんない。どこなのかわかんないんだけど、そのへんに。もしもし？　もしもしー……。（と、ため息をつき、切る）

海苔の缶を持って、じっとこっちを見ている近杉。

近杉　はい。

根森　……印鑑持ってきた？　シャチハタは駄目ですよ。

近杉、座って、海苔の缶を置き、蓋を開ける。

根森、中から封筒と印鑑を出す。

根森　駄目だよ、大事な書類と印鑑、同じところに置いたら。分けないと。

近杉　はい。

根森　（封筒を開けて、権利書を確認して）えーっと。あ。うん。うん。いつからこれ君の名義になったの？

近杉　（外を示して）道にアメリカンドッグ落ちてて……。
根森　（遮って）ま、いいや。えーっと、じゃあ、サインしてもらおうかな。

根森、自分のバッグから贈与契約書を出しながら。

根森　……前橋、行ったの？
近杉　え？
根森　いや……。
近杉　前橋行きました。
根森　馬鹿なの。馬鹿なのか。なんで行くんだよ。馬鹿なのか。
近杉　ごめんなさい。
根森　じゃここ、サインして。していいこととしちゃいけないことがあるんだよ。そんな区別もつかないのか。

近杉、置いてあるシャーペンを取ろうとする。

根森　それは使うな。使うなっていうのは、シャーペンじゃ、書類には駄目だから。

近杉、レジからボールペンを取ってきて。

近杉　ここですか。

根森　うん、そこ、住所と番号とサイン。

近杉　はい。

近杉、書きはじめ、根森、それをじっと見ている。

根森　丁寧に書いてね。

近杉　はい。

根森　(それを見ながら)……前橋行ってきたの。

近杉　前橋。

根森　いや……。

近杉　前橋行きました。

根森　なんで、なんでっていうのはどうやって、電車？
近杉　車。
根森　車か。なんでその、それの住所わかったの。
近杉　いろんな人に聞いて。
根森　わからないでしょ、普通、聞いても。わかるものなのか。会ったの、その、その、その向こうの人。
近杉　ご両親。
根森　なんで会うかな。怒鳴られただろ。
近杉　（首を振る）
根森　根森の弟だって言わなかったの？
近杉　言いました。
根森　おかしいでしょ、じゃあ普通怒鳴るでしょ。
近杉　どうぞって。
根森　上がったの？
近杉　はい。
根森　何その気まずい状態。（書類を示して）書いて。手止めない。

近杉　はい。(と、書く)
根森　どういう家だった。
近杉　狭い団地。
根森　狭いって失礼でしょ、人んちを。どういう、どういうご両親。どういう、何歳ぐらいの。
近杉　五十五……。
根森　そんないってるんだ。
近杉　年取ってからの子供だったんです。って。
根森　(思わず目を逸らし)……書いて。
近杉　書きました。
根森　曲がってない?
近杉　ごめんなさい、書き直し……。
根森　あ、いいいい、もういい、それでいい。印鑑捺して。
近杉　はい。(印鑑を用意し)……。

近杉、カウンターの中に行く。

根森　何。
近杉　朱肉。（と、探す）
根森　あー。何話したの。
近杉　ご迷惑おかけしました。
根森　言ったの？
近杉　言われました。
根森　……。
近杉　娘のことでご迷惑おかけしました。
根森　……嘘をつくなよ。
近杉　娘がしたことで、先生のご本が出版されなくなったと聞きました。申し訳なく思ってます。
根森　……そんなこと言うわけない。
近杉　娘は先生のご本を読んで、救われたって言ってました。これからも娘のためにも小説を書いてください。
根森　……違いますって言った？
近杉　え？

根森　あの人はそんなつもりで書いてませんって言った？　あの人はビジネスで書いてた
だけで、人を救うことなんて考えたことありませんって、ちゃんと言った？
近杉　言ってません。
根森　馬鹿、なんで言わないのさ。
近杉　ごめんなさい。
根森　どういう子だったって？
近杉　え？
根森　死んだ子だよ。どういう子だったって？
近杉　（首を傾げる）
根森　俺に書いた手紙、どんな手紙だったって？
近杉　（首を傾げる）
根森　なんでそれを聞いてこな……。（と、ふいに声が詰まって、顔を背ける）
近杉　ごめんなさい。

根森、シャーペンに触れて。

根森　……何書いてあったの。その子、俺に何書いたの。どんな手紙だったの。
近杉　（根森を心配して見つめ）お兄ちゃん、大丈夫。
根森　（え？　と）
近杉　娘のことでご迷惑おかけしました。娘は先生のご本を読んで、救われたって言ってました。
根森　（胸を衝かれながらも）だからそんなこと聞いてないんですよ。許されないことより許されちゃうことの方が困るんだよ、困るんですよ、ねえ……。

じっとシャーペンを見つめる根森。
近杉、朱肉を持って戻ってきて。

近杉　お兄ちゃん。
根森　……印鑑捺せ。早く印鑑捺せ。すぐ捺せ。

近杉、頷き、座って、印鑑を捺す。
根森、書類を取って、バッグに入れ。

根森 はい、お疲れさま。はい、じゃあ、手続きしておくから。君はもう今月中にでもここ、店閉めて……まあ、あの女とでも好きなところに行ってください。わかった？
近杉 はい。
根森 はい。

なかなか立たない根森。
近杉、うん？　と根森を見る。

根森 ……あ、あと、あれ。

根森、立ち上がって、さっき適当に置いた骨壺を元あった場所に戻して。

根森 これも忘れずに持ってっちゃって。
近杉 はい。

根森、なんとなくボタンを押してみる。

オルゴールによるメヌエットが流れ出す。

聴き入る二人。

根森　……やっぱりメヌエットじゃないな。なんだろな。あの人、なんかよく歌ってたのとかなかったっけ。

近杉　（首を傾げ）♪　せきすーいはうすー。

根森　（苦笑し）それは……まあ、そういうのな、歌ってたな。食パンって、耳どうやって食ってた？

近杉　はい？

根森　あの人、食パンの耳、コーヒーにこう、浸けて食ってなかった？

近杉　食べてた。こやって浸けて、じゅぐじゅぐにして。

根森　やっぱり。

近杉　昔から？

根森　昔から行儀悪いんだよ、そういう面のは。

近杉　きのこの山、チョコだけ食べて、枝のとこ残す。

根森　（笑って）ひどいな。

近杉　かき氷食べたら、すぐベロ見せる。青いの。
根森　ブルーハワイか。（と、笑って）子供なんだよな。あの人風呂入った後、ほとんどお湯残ってなかったろ。
近杉　（頷き）掃除機の音が大嫌い。
根森　猫か。昼はカレー食ってたろ。
近杉　昼はカレー食ってた。
根森　昼はカレーしか食わないんだよ。
近杉　昼はカレーしか食わない。
根森　またか、また昼カレーか。おまえの世界にはカレーしかないのか。でも絶対。
根森・近杉　夜はカレー食わない。

笑う二人。
根森、ふっと窓の方を見て、窓際に歩み寄る。

根森　……本当はね。
近杉　はい。

根森　昔一度君を見にきたことがある。

近杉　……。

近杉もまた窓際に行く。

根森　あの人が出て行って、ちょっとした頃。母がさ、母がね、見てこいって言うんだよ。面倒臭えなって思いながら中央線乗って、そこ、来たんですよ、そこまで。

根森、外を示す。

根森　あの人は、何かな、シーマかな。シーマの洗車をしてて。君はね、（膝ほどの高さを示し）まだこんなで、そのボンネットに、座って、シャボン玉飛ばしてた。俺は向こう側の、道の陰から隠れて見てて。あれか、あれが弟か。まあ、なんていうのか、そんなの絶対に来ることがないのはわかってたんだけど。俺も馬鹿だったたんだな。絶対来ることないってわかってるいつかのことを考えちゃったんですよ。いつか、あの子にあげるから、今乗ってる自転車は捨てないでおこうって。そんなこと

近杉　をね、思ってたらね、不思議と……。
根森　目が合いましたね。
近杉　嘘でしょ。
根森　おぼえてます。
近杉　（膝ほどの高さを示し）こんなだったんだよ。
根森　おぼえてます。根森さん、ゴリラのTシャツ着てて。
近杉　そんなの着てたかな。
根森　着てました。僕、そのゴリラが気になって……。
近杉　落ちたんだよ、君、ボンネットから。
根森　はい。
近杉　コンクリートの上に逆さに、頭から。
根森　はい。
近杉　あの人、びっくりしてさ、慌てて君抱き上げて、そのまま、泡だらけの、その洗車中の車、シーマ乗せて。
根森　そこはおぼえてないですけど、病院行ったみたいです。
近杉　あ、そう。俺はてっきり死んだかと思ったよ。

近杉　ここ。（と、頭のてっぺんを見せる）
根森　あー、あるねー。あるね、ハゲ。
近杉　根森さんのせいで出来たハゲです。（と、微笑って）
根森　知りませんよ。（と、微笑って）
近杉　あの時、頭打ったからこんなんなったのかな。
根森　（笑って）そうかもねー。
近杉　（笑って）
根森　（自分の言ったことを思って）……いや。

二人、窓の外を見る。

根森　おまえ、葉書って。葉書って何書いたの。ごめん、読んでないんだよ。読んでたら、なんか変わってたのかな。三人して、かき氷のベロでも見せ合ういつかがあったのかな。そしたらな、俺も介護手伝って……手伝わないだろうな、俺は。たられぱじゃないんだもん。人間性だもんね。ダサいお兄ちゃんですよ。いっつもそう。進んでるつもりで同じことしてる。左折、左折、左折、左折して。着いてはみたら、あーここかって。左折、左折、左折、左折で、また、あーここかって。いつ来ても、ここだよ。わたくしの至らぬ点がございましてね、へへへ。

自嘲的に微笑って、その場を離れる根森。

近杉はまだじっと外を見ている。

根森　（炊事場を覗き）ビール無いの、ビール。入るよ。

根森、炊事場に入っていく。

窓の外を見ていた近杉、すっと外に出て行った。

根森、シャンパンを持って出てきて。

根森　シャンパンあった。常温のシャンパン。

根森、シールを剥がし、手でコルクを抜こうとして。

根森　大丈夫かな。シューってなんないかな。怖い怖い。おー、怖い怖い怖い……。

ガソリン携帯缶を提げて、戻ってくる近杉。

床に置き、蓋を開けはじめる。

根森　うん？　シャンパンあったよ、常温のシャンパン。コップある？　常温のコップ。

（と、微笑って）

近杉、携帯缶を手に提げる。

根森　……何してんの。

近杉　（首を傾げて）最初は。

根森　うん？

近杉　最初は、子供の時、色水を作ったんです。プリンの容れ物に、絵の具を水で溶かして。

根森　うん……。

近杉 いろんな色の色水作って、並べて見るのが好きだったんです。見てたら、飲んでみたいなって思って。飲んだら駄目なのわかってたんですけど。一番美味しかったのは、黄色。あと水色。次が紫。

根森 赤は。

近杉 赤はまずい。意外と美味しいのが茶色。

根森 チョコの味？

近杉 （首を振り）絵の具の味。

根森 （笑みを作って）そうか。はは。うん。ちょっとさ、それちょっと置いて、しまって……。

近杉 お父さんのチューブを見た時も、結べるなあって思って、また色水を飲みたくなりました。お父さんはちょっと咳して、僕、色水飲んで、飲み終わったら、お父さん、もう息してなくて。普通の人は自分が怖い時はどうしますか。駅の階段でベビーカー見た時は怖くなりませんか。スーパーに積んである商品の山は怖くなりませんか。ガソリンスタンド怖くありませんか。今日車で走ってたら、横断歩道に集団登校の子供たちが見えました。色水飲みたくなりました。このままブレーキ踏まないで真っ直ぐ行ったらぶつかっちゃうなあって。

根森　……停まったんだろ？　停まったんだよね？

近杉　後ろの車がどんってぶつかって停まりました。後ろのおばさん、僕の鼻血見て、すごい謝ってたけど、おばさんは子供たちを助けました。おばさんがいなかったら僕は色水飲んだと思います。

近杉、泣きそうな顔になって、ライターを手にする。

近杉　怖い。怖いよ。お兄ちゃん、怖いよ。止められないの。止められないの。

近杉、根森に向かって、ライターを差し出す。

根森　やめな。

近杉　お兄ちゃん。殺して。また色水飲んじゃうから、殺して。

根森　（首を振る）

近杉、歩み寄って行く。

近杉　殺してよ。

根森、下がって。

根森　（引きつって微笑って）無理ですー。
近杉　怖いよ。
根森　無理無理、無理です。そういうことおっしゃられても、わたし、そんな、あの……
ごめん、ちょっとどいて。

根森、持参したバッグを手にする。

近杉　お兄ちゃん。

根森、近杉のことを迂回しながら、出入り口に向かって。

根森　ほんとすいません。ごめんなさい。ごめんなさいね。お邪魔しました。

根森、ペコペコしながら外に出て行った。
ひとり残され、立ち尽くす近杉。
ライターを見つめ、手が震える。
怖くて、出来ない。
壁際に行き、照明を切る。
近杉、小さな明かりのみの薄暗い中、ライターを点けようとする。
軽く火花が飛ぶだけで、火は点かない。
近杉、繰り返し、ライターのフリント・ホイールを回す。
火花だけが点く。
落としてしまった。
拾って、また点けようとした時、店内の照明がぱっと点く。
戻ってきた根森が立っている。

根森　……面倒くせえ。

根森、歩み寄って、近杉の腕をがっと掴む。

近杉の手からライターを取ると、それを床に捨て、近杉の胸を叩きはじめる。

根森 おーい。

繰り返し、叩く。

根森 おーい。おーい。おい、しっかりしろ。お兄ちゃん来たぞ。お兄ちゃん来たから、もう大丈夫。お兄ちゃんの言う通りにしろ。したら、おまえもう大丈夫だから。怖くない。もう怖くないよ……。

激しく咳き込む根森。

根森 ガソリンくせ。

近杉、ライターを取りにいこうとする。

根森、それを止めて。

根森　いいからいいから。おまえ、座れ、ちょっと座って。

根森、近杉を座らせ、自分は向かい側に座る。

根森　おまえ、字書ける？　書けるなら、今日から頭に浮かんだことは、全部ノートに書き留めな。また色水飲みたくなった時は、全部文章にするの。やっちゃったら駄目なこと、人に迷惑かけそうなった時、ふえるワカメ食べそうなった時、そういうの書いて、全部そこに、そこに吐いて、小説みたいにするの。俺はずっとそうしてきたし、おまえにも出来るよ。

近杉　（本当に？　と根森を見る）

根森、バッグからノートを出し、雑にびりびりと何枚か破り取る。破った紙を二回折って、開いて、置く。

根森　書くもの……。

　　根森、さっきのシャーペンを手にし。

根森　これは駄目です、これは俺の。（と、バッグから万年筆を出し）こっちおまえにやるから。

　　根森、万年筆を近杉の手に持たせてやる。

近杉　（ありがとうと頷く）

　　根森、紙にシャーペンで線を引いて。

根森　あのな。自由に書こうと思ったら自由に書けなくなる。お話を書く時に一番大事なのは、どこに線を引くか。

近杉　うん。

　　根森、シャーペンで印を付けていって。

根森　はじまりと、終わりと、真ん中。があって。主人公は、枝分かれした道のどれかを選択する。想像してみ。目の前にいくつかの道があります。どこに行こう。まだどこにでも行けます。

近杉　うん。

根森　前だけじゃない、後ろにも行ける。小説に書くのは二つのこと。本当はやっちゃいけないこと。もうひとつは、もう起こってしまった、どうしようもなくやりきれないことをやり直すってこと。そういうことを書く。そこに夢と思い出を閉じ込める。それが、お話を作るっていうこと。

近杉　うん。

近杉、首を傾げながら、根森が差し出したノートの切れ端に書き込みはじめる。すぐに疑問に思って手を止め、首を傾げる。

根森　いいの、今のそれで。

近杉　何書いてもいい？

根森　うん。

近杉　何してもいい？

根森　うん。本当にしたかったことを書けばいい。

近杉　わかった。

近杉、また書きはじめる。

根森　うん。そう。書く。書くの。な。何が心の病だよな。人間が心なんかに負けるかよ。そう、そうそうそうそう、そう、そういうの、そう、そういう感じ……。（微笑って）彼が主人公？

近杉　（少し微笑んで頷き）うん。

書く近杉、見守る根森。
部屋に響く万年筆の音。
時間が経過していく。
近杉が書いたものを一枚受け取り、読んで、こことかここをこうしたら？　と話している根森。

受け取り、また書く近杉。
根森、見守っていて、ふと気付く。
振り返ると、扇風機が回り、壁の貼り紙をめくりあげている。
根森、立ち上がり、扇風機を切って、貼り紙を留め直す。
その時、スマホのバイブ音が鳴る。
根森、スマホを取り出して画面を見て、え、と思う。
振り返ると、近杉は集中して書き続けている。
根森、ソファーのあたりに行き、スマホに出る。

根森　（子供に話すように）はいはい。うん？　うん、起きてたよ。大丈夫大丈夫。うん？　何、またトースト食べてた？　え？　（笑って）いっつも食べてるわけじゃないか。そうか、うん。うん？　何？　何を探してたの。え。あ。あ。あー。あ、そうか。そうかそうか。おまえ、探してくれたんだ……。

声が詰まる。

根森　うん？　うん。うん。うん。そうか。無かった。うん。そうか。じゃあ、うん。いいよいいよ。何おまえ。何。大丈夫だよー。大丈夫。そうか、探してくれたのか。うん。うん。うん。うん。ありがとう。うん。うん。え、今？　うん。今ね……。

振り返って、書き続けている近杉を見て。

根森　お父さん今、お兄ちゃんしてる。そう、お父さんさ、弟がいたんだよ。びっくり。うん。うん。（微笑って）本当に。ね。うん。あ、じゃあ、うん。また。うん。ありがとうな。うん。うん。おやすみ。はい。うん。はい。じゃあね。はい。

根森、少し待って、切る。
しばらく動かない。
照れたように苦笑して首を傾げ、スマホをしまって立ち上がり、近杉のもとに戻ろうとする。
さっき切ったばかりの扇風機がまた回っていた。

根森　（あれ、と）……。

貼り紙の画鋲が外れ、めくれあがる。
根森、見つめ、そして思い当たる。

根森　……そうか。

近杉　（顔を上げ、うん？　と）

根森　そうか。いたよ。ずっといたんだよ、ずっと。

近杉、扇風機の風の通り道を見て、察し。

近杉　あ……。

根森　うん。な。挨拶ですよ。

近杉　あー。

根森　こんなところにいたんだ。

風の通り道を見つめる二人。

顔を見合わせ微笑うと、またテーブルに向き合って、執筆を再開する。

新しいのを受け取り、読む根森、うんうん、と。

書き続ける近杉。

時間経過。

近杉の背後に立ち、ここをこうしてといった感じで話している根森。

書き続ける近杉。

時間経過。

窓の外は朝を迎えようとしている。

テーブルに突っ伏して眠ってしまっている根森。

書き続けていた近杉、万年筆を置く。

書き終えた紙の束を手にし、目を通す。

少し首を傾げて、こんなでいいのかな？　ま、いいかと思いながら、きちんと揃えて、根森の前に置く。

根森の寝顔を見て、席を立つ。

思い返すようにして店内を見回す。

よし、と決意すると、床に捨ててあったライターを拾い、そのまま出て行った。

ふっと目を覚ます根森。

顔を上げ、あいつどこに行ったんだろうかと周囲を見回す。

テーブルにきちんと揃えた原稿があるのに気付く。

手にし、見て、最後のページを確認し、もう一度周囲を見回す。

席を立ち、思わず外に出て行きかけて、立ち止まる。

根森、……。

引き返して、椅子に座る。

原稿を手にし、読みはじめる。

小さな声でぶつぶつと読み上げながら。

根森　冷蔵庫のハムが腐ってた次の、また次の日。東京サマーランドの、わりと近くにある古いガソリンスタンド……。

5

夏のある日の朝で、扇風機が回っていて、風で壁の貼り紙がめくれ上がっている。
ガソリン携帯缶が放置されて転がっている。
階段を、ハンドスピナーを回しながら下りてくる、ユニフォーム姿の宝居。

宝居　あーあ。今日はもうのんびりしよ。終わったら走って物産展行こ。

転がった携帯缶をまたぎ、椅子に座る。
もうひとつの椅子に足を載せ、だるそうにハンドスピナーを回す。
その時どこからか聞こえてくるサンバのリズム。
宝居、ん？　と見回していると、外から入ってくるサンバの衣装を着ている近杉。
サンバの流れるラジカセと洗濯したタオルが積み重ねられた籠を抱えている。

リズムに体を揺らしながら歩き、放置されている携帯缶を蹴飛ばす。
戻しかけて、またもう一度蹴飛ばす。

近杉　オレ！

ラジカセを止め、タオルを畳みはじめる。

近杉　この新しいタオルって、おろしてから三回は洗濯してるじゃないですか。なんで水吸わないんですかね……もう新しいタオルも水を吸わない。なんかａｉｋｏの歌の歌詞みたいですね。まさか防水タオルってことないですよね。防水しちゃったらもうタオルじゃないですもんね。よく濡れられる傘ってことですもんね。

宝居　店長。ずっとひとりごと言ってますよ。

近杉　もういいや、捨てちゃおう。

近杉、タオルをそこらじゅうにぽいぽい投げ捨てる。

宝居　店長、そんなことしていいんですか。
近杉　すいません、さっきお願いしたのって。
宝居　（面倒そうに息をついて）よいしょ。

立ち上がった宝居、置いてあった色違いのガソリン携帯缶を二つ並べ、蓋を開けてポンプを差し込む。

ポンプを操作し、携帯缶の中のガソリンをもう一方の携帯缶に移し替える作業をはじめる。

どうやらチューブに穴が開いているらしく、ガソリンがぴゅーっと飛ぶ。

宝居、いったん手を止めてそれを見るが、また操作する。

またガソリンが飛ぶ。

近杉、歩み寄っていき。

近杉　それ、俺も出来ますよ。
宝居　はい？

近杉、背を向け、ファスナーを下ろす。
近杉の股間から、小便が飛び出し、ぴゅーっと弧を描いて舞い上がる。

宝居　わー、すごーい。

近杉　一緒でしょ？　一緒でしょ？　ね、一緒でしょ？

宝居もまたポンプを操作し、ガソリンをぴゅーっと飛ばして、競演する。
終えて、手を叩いて笑う二人。

宝居　もう、毎日毎日馬鹿なことばっかりやめてくださいよ。

近杉　（えへへへと微笑う）

宝居、また椅子に座って両足を投げ出し、ハンドスピナーを回し出す。

宝居　今日はね、もうのんびりしようって決めたんですよ。今年は物産展いっぱい行こーって思ってたし。

近杉　まだ店閉めてないから、お客さん来ると思うんですけど。
宝居　（白け、小声で）その時は働くに決まってんじゃん。

近杉、歩み寄って。

近杉　あとそのくるくる回すの、めっちゃウザいんですけど、やめてもらえますか？
宝居　あ、はい、いいですよ。（と、しまう）
近杉　どうも。なんかお腹すきましたねー。

近杉、冷蔵庫の中を物色し、カップ入りゼリーの詰まった袋を見つけた。
ひとつ取り、上蓋を剥がし、食べようとする。

宝居　店長、それ人間のじゃなくて、カブトムシのゼリーですよ。
近杉　カブトムシ。あ、あー餌ですか。
宝居　人間が食べたらお腹壊します。
近杉　まじすか、え、まじすか。え、食っちゃお。

近杉、ゼリーを食べはじめる。

宝居 わー。

近杉 うま、めっちゃうま。うま、めっちゃうま。

近杉、次から次へとゼリーを開け、むさぼるようにどんどん食べていく。空になった容器はぽいぽい投げ捨てる。

宝居 本当ですか……。（と、食べて）うま、めっちゃうま。連中、こんなうまいもの食べてたんですね。

近杉 ね。

二人、食べて、ぽいぽい容器を投げ捨てていく。

その時出入り口より入ってくる、喫茶店のウエイトレスのフォーマルめなユニフォームを着た示野。

近杉　いらっしゃいませ……。

近杉、ふいになんだか緊張して、サンバの帽子を外し、飾りも外し、店のキャップをかぶる。

近杉　あ。（と、外を示して）
示野　いえ。
近杉　え？（と、外、中、外を示して）
示野　あ、違います違います。
近杉　え？
示野　わたし、この先の喫茶店で働いてる者なんですけど。
近杉　あ。あ、はい。
示野　（足下を見て）ここ、濡れてますよ。
宝居　あ、それは……。
近杉　なんでもないです。
示野　あ。

示野、外に出ていってしまった。

近杉　あれ。

宝居　綺麗な人じゃないですか。デート誘えばいいじゃないですか。

近杉　いや。えー……。（と、照れてもじもじ）

戻ってくる示野、続いて入ってくる根森。

ふっと見合う近杉と根森。

何か予感のようなものがありながら、会釈する。

示野　こちらの方が迷ってらっしゃったんでお連れしました。

近杉　あ。

根森　（示野に）ありがとうございます。

示野、様子が気になるようで、少し下がって見守る。

根森　（近杉に会釈し）あの、わたし、根森と申しまして。
近杉　根森さん。
根森　はい。こちらに、あの、近杉祐太郎さんとおっしゃる方、いらっしゃいますでしょうか。
近杉　僕です。
根森　あ、あなた。あ、近杉さん。
近杉　はい。
根森　そうですか。

予感がありながら見合う二人。

近杉　あ、どうぞお座りになってください。
根森　はい、失礼します。
近杉　今、お茶……。

近杉、炊事場に行こうとすると、宝居が出てきて、用意した麦茶とお菓子の載ったトレイを差し出し。

宝居　冷たい麦茶です。
近杉　ありがとうございます。

近杉、根森にお茶を出す。

根森　あ、すいません、恐縮です。
近杉　これ、地元のお菓子なんですけど、よろしかったら。
根森　(手に取り）マドレーヌですか。
近杉　はい。
根森　大好物です。
近杉　あ、良かった。

近杉、根森の前に座る。
宝居、示野を手招きで呼び、カウンターの脇で二人も麦茶を飲みながら見守る。

根森　いただきます。（と、麦茶を飲む）
近杉　（どうもと会釈し、飲む）
根森　実はですね。わたし、息子がおりまして、その息子がわたしの仕事部屋からこういったものを見つけました。

根森、胸ポケットから一枚の葉書を出した。

根森　葉書。
近杉　あ……。
根森　おぼえがございますでしょうか。
近杉　はい……。
根森　こちらのご住所とお名前と、ひと言、いちど遊びにいらしてくださいと書いてありました。
近杉　はい。すいません……。
根森　遊びにきました。
近杉　あ。あ、はい……。

根森　はじめまして。わたし、あなたの兄です。

近杉　はい。はじめまして。弟です。

根森　父が入院していると聞きました。随分とご苦労をかけたことと思います……。

根森、ふっと外を見て。

根森　今日も暑くなりそうですけど。

近杉　ええ。

根森　よろしかったら、わたしも一緒に見舞いに行かせていただけませんでしょうか。

近杉　（頷き）はい。ぜひ。

根森　あ。（と、礼をする）

近杉　父も喜ぶと思います。

根森　本当に、大変遅くなってしまいました。

近杉　（首を振り）お会いしたかったです。

またここか　終わり

坂元裕二　さかもと・ゆうじ

脚本家。東京藝術大学映画専攻教授。主なテレビドラマ作品に、「東京ラブストーリー」「わたしたちの教科書」（第26回向田邦子賞）、「それでも、生きてゆく」（芸術選奨新人賞）、「最高の離婚」（日本民間放送連盟賞最優秀賞）、「問題のあるレストラン」「いつかこの恋を思い出してきっと泣いてしまう」「Mother」（第19回橋田賞）、「Woman」（日本民間放送連盟賞最優秀賞）、「モザイクジャパン」「カルテット」「anone」などがある。また、朗読劇「不帰の初恋、海老名SA」「カラシニコフ不倫海峡」では脚本・演出を担当し、後に書籍として刊行。

またここか

2018年10月20日　初版第一刷発行

著者　坂元裕二

装丁　葛西薫

発行人　孫家邦

発行所　株式会社リトルモア
〒151-0051　東京都渋谷区千駄ヶ谷3-56-6
電話：03(3401)1042　ファックス：03(3401)1052
http://www.littlemore.co.jp/

印刷・製本所　中央精版印刷株式会社

Printed in Japan

ISBN978-4-89815-493-9 C0093

明後日公演　2018「またここか」

公演日程　2018年9月28日(金)～10月8日（月・祝）
劇場　DDD青山クロスシアター

脚本　坂元裕二

演出　豊原功補

出演　吉村界人
　　　岡部たかし
　　　木下あかり
　　　小園茉奈

スタッフ　演出助手：大堀光威
　　　　　舞台監督：金安凌平　木村 篤
　　　　　美術：原田 愛
　　　　　照明：倉本泰史
　　　　　音響：藤田赤目
　　　　　音楽：伊 真吾
　　　　　衣裳：立花文乃

　　　　　チラシ絵：ホセ・フランキー
　　　　　宣伝美術：江口伸二郎

　　　　　プロデューサー：小泉今日子　関根明日子

　　　　　企画・製作　株式会社明後日